कालजयी कवि और उनका काव्य

बुल्ले शाह

संपादक

माधव हाड़ा

राजपाल

₹ 185

ISBN : 9789393267375

पहला संस्करण : 2023 © राजपाल एण्ड सन्ज़

KAALJAYI KAVI AUR UNKA KAVYA : BULLEH SHAH (Poetry)
Edited by Madhav Hada

राजपाल एण्ड सन्ज़

1590, मदरसा रोड, कश्मीरी गेट, दिल्ली–110006

फ़ोन : 011–23869812, 23865483, 23867791

e-mail : sales@rajpalpublishing.com

www.rajpalpublishing.com

www.facebook.com/rajpalandsons

क्रम

भूमिका

बुल्ले शाह क़ादिरी शतारी (1680-1757-58 ई.) पंजाब के विख्यात सूफ़ी संत और कवि थे। उन्होंने अपने असाधारण व्यक्तित्व, व्यवहार और गहरे आध्यात्मिक अनुभव से संपन्न वाणी से हिन्दू, मुसलमान और सिखों में समान रूप से लोकप्रियता अर्जित की। उन्हें संतों और विद्वानों ने 'दोनों लोकों का शेख़' (शेख़-ए-हर-दो-आलम), परमात्मा का सेवक (मरदे हक्कानी), 'गुप्त रहस्य का ज्ञाता' (पोशिदा राज़ों का वाक़िफ़दार) 'अनुभव और ज्ञान का सम्राट' (तजुर्बे और मुशाहदे के बादशाह), 'परम मौलिक' आदि कहा है। बुल्ले शाह हिन्दुस्तानी सूफ़ी थे, उनकी वाणी पंजाबी में है, लेकिन उनकी व्यापक स्वीकार्यता और मान्यता का अनुमान इस तथ्य से लगाया जा सकता है कि उनकी तुलना वैश्विक ख्यातिवाले मौलाना रूमी, शम्स तबरेज़ जैसे महान् संत-दार्शनिकों से की जाती है। वे 'इश्क़े मजाज़ी' (सतगुरु रूपी ईश्वर से प्रेम) से 'इश्क़े हक़ीक़ी' (निराकार ईश्वर से प्रेम) के अपने लक्ष्य पर पहुँचे। ईश्वर या गुरु से साक्षात्कार उनके अनुसार केवल प्रेम के मार्ग से ही संभव है। बुल्ले शाह के यहाँ सतगुरु और ईश्वर लगभग एक हैं और उनके अनुसार इनको पाने का एक ही साधन प्रेम है। प्रेम की इस साधना में उनके अनुसार मनुष्य की धर्म, संप्रदाय, जाति, मत, रंग, नस्ल आदि की कोई पहचान उपयोगी नहीं है। बुल्ले शाह सभी सांसारिक पहचानों से अलग और उदासीन हैं। प्रेम के अलावा और किसी भी धार्मिक बाह्याचार में बुल्ले शाह का भरोसा नहीं है और वे इसका आग्रह भी नहीं करते। वे अपने गहरे और अंतरंग अनुभव में धर्म के पारंपरिक रूपों से इतने दूर निकल जाते हैं कि वे सभी निर्मित संकीर्ण सांसारिक पहचानों से मुक्त स्वतंत्र मनुष्य रह जाते हैं। वे 'परम मौलिक' हैं—किसी भी शास्त्र, सिद्धांत, संप्रदाय और मत का उन पर पहरा नहीं है। वे सच कहते हैं, जो उनके हिसाब से दूसरों को तो नहीं, लेकिन उनके प्रेमी साधक को बहुत 'मीठा' लगता है।

बुल्ले शाह विद्वान् थे, उन्हें इस्लाम और सूफ़ी दर्शन का बारीक और विस्तृत ज्ञान था। अरबी-फ़ारसी के तत्संबंधी साहित्य की भी उनकी औपचारिक शिक्षा हुई थी, लेकिन यह सब उनके असाधारण ईश्वर प्रेम के वेग और तीव्रता में इस तरह घुल-मिल गए कि इनकी उनकी वाणी में अलग से कोई पहचान नहीं हो सकती। वे अपने सतगुरु और ईश्वर के प्रेम में ऐसे डूबे कि उनको ख़ुद भी ध्यान नहीं रहा कि वे विद्वान् हैं। अरबी-फ़ारसी के ज्ञान के बावजूद उनकी वाणी में खाद-पानी पंजाब का है। उनकी वाणी की मस्ती, ख़ुमारी और बेपरवाही पंजाब के लोक से ही आती है। पंजाब का यह सूफ़ी फ़क़ीर ख़ुद अध्यात्म के शिखर पर पहुँचा और उसने हज़ारों लोगों को भी अपने अनुभव में साझीदार बनाया। उनकी क़ाफ़ियाँ, बारहमाह, सीहरफ़ी, अठवारा, गढ़ें और दोहे आज भी भारतीय उपमहाद्वीप के लाखों लोगों की जुबान पर हैं। बुल्ले शाह एकमात्र ऐसे सूफ़ी कवि हैं, जिनकी वाणी का आधुनिक प्रचार माध्यमों— सिनेमा, लोकप्रिय संगीत और टीवी आदि में सबसे अधिक इस्तेमाल हुआ है।

1

बुल्ले शाह का जीवन भी अन्य संत-भक्तों और फ़क़ीरों की तरह जनश्रुतियों से घिरा हुआ है। उनका असली नाम अब्दुलाशाह था। उनकी वाणी की चालीसवीं गढ़ में यह उल्लेख इस तरह है कि—''हुण इनां-लिलाह आख के तुम करो दुहाई। / पिया ही सब हो गया अब्दुला नाहीं।'' *तारीख नाफ़े उस्सालिकीन* के अनुसार बुल्ले शाह के पिता ने उनका नाम अब्दुल्लाशाह रखा था। उनका समय 1680 से 1757-58 ई के बीच माना जाता है और इस संबंध में कोई ख़ास मतभेद नहीं हैं। कुछ विद्वानों ने *ख़ंजीनातुल असफ़िया* के आधार पर यह निष्कर्ष निकाला है कि उनका जन्म पाकिस्तान के बहावलपुर स्थित गाँव उच गलानिया में हुआ। उनका मानना है कि जन्मोपरांत छह माह की उम्र तक उनके माता-पिता इसी गाँव में रहते थे और बाद में वे इसे छोड़कर साहीवाल तहसील के अपने पैतृक गाँव मलकवाल चले गए। कुछ अन्य विद्वानों की धारणा है कि बुल्ले शाह का जन्म पाँडोके में हुआ। दरअसल उच गलानिया से मलकवाल आने के कुछ ही समय बाद पाकिस्तान के क़स्बे कसूर से कुछ दूर स्थित पाँडोके गाँव की मस्जिद के मौलवी के रूप में बुल्ले शाह के पिता लाए गए, जहाँ उन्हें वहाँ के बच्चों की शिक्षा का दायित्व भी दिया गया।

बुल्ले शाह के पिता मुहम्मद दरवेश सैयद जलालुद्दीन बुख़ारी के वंशज थे, जो तीन सौ वर्ष पहले मुलतान आए थे और सूफ़ी संत शेख़ ग़ौस बहादुर ज़करिया मुल्तानी से दीक्षित होकर उच गलानिया में रहने लगे थे। बुल्ले शाह के दादा सैयद अब्दुज़्ज़ाक उन्हीं के वंशज थे। इस तरह सैयद होने के कारण हज़रत मुहम्मद की इस्लाम और उनके पूर्वजों के सूफ़ी मत से संबंधित होने के कारण इसकी विचारधारा बुल्ले शाह को विरासत में मिली। बुल्ले शाह के पिता मुहम्मद दरवेश मौलवी थे—उन्हें अरबी, फ़ारसी और *क़ुरान शरीफ़* का अच्छा ज्ञान था। वे सद्चरित्र और धार्मिक मनोवृत्ति के मनुष्य थे और इसका प्रभाव उनके बच्चों पर पड़ा। बुल्ले शाह की तरह उनकी बहन ने भी कुँवारी रहकर आजीवन साध्वी का जीवन व्यतीत किया। बुल्ले शाह के पिता को सम्मानपूर्वक दरवेश कहा जाता है। पाँडोके भाट्टियाँ में उनका मज़ार है, जहाँ प्रतिवर्ष उर्स लगता है। बुल्ले शाह की आरम्भिक शिक्षा पाँडोके में उनके पिता की देखरेख में हुई। आरम्भिक शिक्षा के बाद उच्च शिक्षा के लिए बुल्ले शाह को कसूर भेजा गया, जो उस समय इस्लाम की शिक्षा का बड़ा केन्द्र था और जहाँ उन्होंने हज़रत गुलाम मुर्तज़ा और प्रसिद्ध आलिम मौलाना मुर्तज़ा क़सूरी से शिक्षा प्राप्त की। उनके बारे में यह भी कहा जाता है कि वे प्रसिद्ध आख्यान 'हीर–राँझा' के रचनाकार सय्यद वारिस शाह के सहपाठी थे। बुल्ले शाह की वाणी से लगता है कि है कि उनकी इस्लामी और सूफ़ी धर्म ग्रथों पर मजबूत और गहरी पकड़ थी।

बुल्ले शाह के जीवन में महत्त्वपूर्ण और निर्णायक परिवर्तन अपने समय के विख्यात सूफ़ी संत हज़रत इनायतशाह के संपर्क में आने के बाद में हुआ। इनायतशाह से दीक्षित होने के बाद उनके जीवन की दिशा ही बदल गयी। उनके लिए गुरु और ईश्वर एक थे। कहते हैं कि एक बार बुल्ले शाह की इच्छा हुई कि मदीना शरीफ़ की ज़ियारत को जाएँ। उन्होंने अपनी इच्छ गुरु इनायतशाह को बताई, तो उन्होंने वहाँ जाने का कारण पूछ। बुल्ले शाह ने कहा कि ''वहाँ हज़रत मुहम्मद का रोज़ा शरीफ़ है और स्वयं रसूल अल्लाह ने फ़रमाया है कि जिसने मेरी क़ब्र की ज़ियारत की, गोया उसने मुझे जीवित देख लिया।'' गुरु ने कहा कि इसका जवाब मैं तीन दिन बाद दूँगा। बुल्ले शाह ने अपने मदीने की रवानगी स्थगित कर दी। तीसरे दिन बुल्ले शाह ने सपने में हज़रत रसूल के दर्शन किए। रसूल अल्लाह ने बुल्ले शाह से कहा, ''तेरा

मुर्शिद कहाँ है, उसे बुला ला।'' रसूल ने इनायतशाह को अपनी दाईं ओर बिठा लिया। बुल्ले शाह नज़र झुकाकर खड़े रहे। जब नज़र उठी तो उनको लगा कि रसूल और मुर्शिद की सूरत बिल्कुल एक जैसी है। वे पहचान ही नहीं पाए कि दोनों में से रसूल कौन हैं और मुर्शिद कौन हैं। इनायतशाह के अनुग्रह और सान्निध्य से उनका जीवन बदल गया और फिर उनकी नाराज़गी ने उनको इतना व्यथित किया कि वे पूरी तरह गुरु रूपी परमात्मा के प्रेम में डूब गए। शाह की नाराज़गी भी नाटकीय ढंग से दूर हुई और गुरु शिष्य दोनों फिर मिले। जीवन के अंतिम समय में उन्होंने अपना डेरा कसूर में बना लिया और कहते हैं कि यहीं 1758-59 ई. उनका निधन भी हुआ। *बाग़े-औलिया-ए-हिन्द* में यह उल्लेख है कि—''ग्यारां से इक्त्तर हिज़री जिस दिन दम सी आया। / विच कसूर मज़ार उन्हां दा वेखो खूब बणाया।''

बुल्ले शाह ने एक मस्तमौला सूफ़ी फ़क़ीर की तरह लोक के बीच अपना जीवन व्यतीत किया। उनके संबंध में प्रचलित जनश्रुतियाँ उनके लोक से गहरे संबंध की पुष्टि करती हैं। कहते हैं एक बार बुल्ले शाह किसी पेड़ के नीचे बैठे हुए थे। उन्होंने तीन औरतों को वहाँ से जाते देखा—सबसे आगे एक छोटी लड़की थी, बीच में एक सुन्दर जवान महिला थी और पीछे एक बूढ़ी औरत थी। उन्हें देखकर बुल्ले शाह ने कहा कि ''न अगली तों न पिछली तों/ मैं सदके जावां बिचली।'' यह सुनकर उन औरतों ने उनसे जाकर पूछा कि आप कहना क्या चाहते हैं? बुल्ले शाह ने कहा कि मेरा बचपन अज्ञानता में ही निकल गया और बुढ़ापा असमर्थ हो कर बीतेगा। जवानी ही वह स्वर्णिम समय है, जब मैं अपने इष्ट का स्मरण कर रहा हूँ, इसलिए मुझे यह अवस्था बड़ी प्रिय है।

2

बुल्ले शाह इस्लाम और सूफ़ी दर्शन के विद्वान् थे, लेकिन उनके जीवन को सही दिशा कमाईवाले क़ादिरी सूफ़ी फ़क़ीर हजरत इनायतशाह का शिष्यत्व ग्रहण करने के बाद मिली। इनायतशाह का उनके जीवन में बहुत महत्त्व है। कहते हैं कि एक बार बुल्ले शाह बटाला पहुँचे, तो अचानक कहने लगे—'मैं अल्ला हाँ! मैं अल्ला हाँ!' वहाँ लोग उन्हें विस्मय से देखने लगे। बटाला उस समय फ़ाज़िलिया सिलसिले के सूफ़ियों का केंद्र हुआ करता था, जिसके संस्थापक

फ़ाज़िलुद्दीन थे। लोग बुल्ले शाह को लेकर उनके पास पहुँचे। उन्होंने बुल्ले शाह को देखते ही कहा कि ''ठीक ही तो कह रहा है। पंजाबी में 'अल्ला' कच्चे को कहते हैं। यह अभी कच्चा है। तू शाह इनायत के पास जा, वही तुम्हारी मंज़िल हैं।'' इनायतशाह पूर्ण सतगुरु (कामिल मुर्शिद) थे और उन्होंने बुल्ले शाह के जीवन को पूरी तरह बदल दिया। इनायतशाह क़ादिरी सूफ़ी संप्रदाय से संबंधित थे। क़ादिरी सूफ़ी मतावलंबी ऐतिहासिक दृष्टि से बग़दाद के सूफ़ी संत 'पीरदस्तगीर और 'पीरां-पीर अब्दुल क़ादिर जीलानी (1077– 78 से 1116 ई.) से संबंधित थे। बुल्ले शाह ने संकेत भी किया है—''पीरां पीरां बगदाद असाड़ा मुरशद तख़्त लाहोर।'' क़ादिरी सूफ़ी संप्रदाय का भारत में आगमन 1432 ई. में मुहम्मद ग़ौस के साथ हुआ, जो बहावलपुर में आकर ठहरे। पंजाब क़ादिरी सूफ़ी संप्रदाय का विस्तार मियां मीर (1550–1635 ई.) ने किया। यह कहा जाता है कि गुरु रामदास ने हरमंदिर साहिब की बुनियाद मियां मीर से ही रखवायी थी।

हज़रत इनायतशाह का डेरा लाहौर में था। वे जाति के अराई थे और खेतीबाड़ी और बाग़वानी से अपनी गुज़र-बसर करते थे। *बाग़ो-औलिया-ए-हिन्द* में उल्लेख है कि ''बागवाना दी कौम विच्चो है, शाह इनायत। / शाह रज़ा वली अल्ला तों, अज़मत उसने पाई।'' हज़रत इनायतशाह बहुत महान् सूफ़ी संत थे। *वज़ाइफ़-ए-कलां* में उनके विसाल का वर्ष 1735 दिया गया है। शाह इनायत के मुर्शिद हज़रत अली रज़ा शत्तारी थे। हज़रत इनायतशाह की लिखी किताबों में—*इस्लाह उल अमल, लताइफ़ ग़ैबिया, इरशाद उल तालिबीन, दस्तूर उल अमल* आदि प्रमुख हैं। दस्तूर उल *अमल* में उन्होंने लिखा है कि मुक्ति के लिए हिन्दुओं की पौराणिक किताबों में बहुत कुछ लिखा है। इन पौराणिक किताबों में कई ऐसे साधन बताये गए हैं, जिनका अनुसरण कर इंसान परमहंस की अवस्था को प्राप्त कर सकता है। इनायतशाह का यह भी मानना थी कि ये साधन सबसे पहले सिकंदर की सेना के कुछ सैनिकों ने सीखा और वहाँ से यह ज्ञान ग्रीक पहुँचा, जहाँ से इस्लामी रहस्यवादियों ने यह ज्ञान अर्जित किया। बुल्ले शाह किसी तरह उनकी निगाह में पड़कर उनसे दीक्षित होना चाहते थे। हज़रत इनायतशाह से बुल्ले शाह की पहली भेंट ही बहुत नाटकीय थी। कहते हैं कि बुल्ले शाह जब उनके पास गए थे, तो वे खेत में प्याज की पौध लगा रहे थे, जहाँ पास में आम से लदे हुए कई पेड़ थे। बुल्ले शाह ने

बिसमिल्लाह कहा, तो पेड़ से टूटकर आम नीचे गिरने लगे। इनायतशाह ने उधर दृष्टि डाली और इस शरारत का कारण पूछा, तो बुल्ले शाह उनके चरणों में गिर गए। इनायतशाह के यह पूछने पर कि वह क्या चाहता है,उन्होंने उत्तर दिया कि वह रब को पाना चाहते हैं। गुरु ने उनको उठाकर प्रेम से कहा कि ''बुल्या! रब्ब दा की पौणा ऐधरों पुटणा ते औदर लाणा।'' आशय यह है कि बुल्लया, ईश्वर को पाने के लिए इधर से उखाड़कर उधर लगाना है। बुल्ले शाह की समझ में आ गया कि ईश्वर को पाने के लिए मन को संसार की ओर से उखाड़कर ईश्वर की ओर लगाना है। बुल्ले शाह ने यही किया—उन्होंने अपना मन संसार की ओर से हटाकर सतगुरु रूपी ईश्वर (मुर्शिद)में लगा दिया। बुल्ले शाह के इनायतशाह से दीक्षित होने की आलोचना हुई। उनसे संबंधित एक वृत्तांत में उल्लेख है कि ''बुल्ले शाह एक सैयद ख़ानदान से ताल्लुक रखते थे, लेकिन उनके मुर्शिद शाह इनायत एक बाग़बां थे, जो मुस्लिम मुआशरे (बिरादरी) में एक नीची ज़ात तस्लीम किया जाता था। जब बुल्ले शाह उनसे बैअत (दीक्षित) हुए, तो उनके ख़ानदान और रिश्तेदारों ने इस पर सख़्त ऐतराज़ जताया और बहुत नाराज़ हुए। बुल्ले शाह अपने काफ़ियों में भी इस वाक़िआ का ज़िक्र करते हैं।'' बुल्ले शाह ने अपने परिवारवालों की इस नाराज़गी का उल्लेख अपनी काफ़ी में किया है। वे कहते हैं कि—''बुल्ले नूं समझावण आइयां, भैणां ते भरजाइयां। / मन लै बुल्लया कैह्ळा साडा, छड्डु दे पल्ला राइयां। / आल नबी औलाद अली नूं, तूं की लीकां लाइयां।'' अर्थात् बहनें और भावजें बुल्ले शाह को समझाने आईं और कहा कि तुम हमारा कहना मानो और अराई का साथ छोड़ दो। तुम तो नबी ख़ानदान के हो और अली के वंशज हो। फिर क्यों इस अराई के लिए लोकनिंदा का कारण बनते हो। बुल्ले शाह निश्चय कर चुके थे, इसलिए उन्होंने जवाब दिया कि—''जेहड़ा सानूं सैयद सद्दे, दोज़ख मिलण सजाइयां। / जो कोई सानूं राई आखे, बहशर्तीं पींघां पाइया।'' अर्थात् जो कोई मुझे सैयद कहेगा, उसे दोज़ख की सज़ा मिलेगी और जो मुझे अराई कहेगा, तो वह बहिश्त के झूले में झूलेगा।'' इनायतशाह से दीक्षित होने के बाद बुल्ले शाह का जीवन पूरी तरह बदल गया। उन्होंने अपनी इस अवस्था का अपनी काफ़ियों में बहुत हृदयग्राही वर्णन किया। वे अपनी एक काफ़ी 'जो रंग रंगिया गूढ़ा रंगिया' में कहते हैं कि—''जो रंग रंगया, मुर्शिदवाली लाली ओ यार। अहद विच्चों, अहमद होया, विच्चों मीम

निकाली हो यार।'' अर्थात् सतगुरु शिष्य की आत्मा को प्रभु के पक्के रंग में रंग देते हैं। सतगुरु के मिलने से पता चल जाता है कि अहंकार दूर करके आत्मा स्वयं परमात्मा बन सकती है। यह समय बुल्ले शाह के जीवन में बहुत महत्त्वपूर्ण समय था। उनके जीवन के इस दौर की एक घटना है—कहते हैं कि दूल्हे के घर जाने वाली एक युवती को सिर गुँथवाते देखकर बुल्ले शाह भी नवयुवती के समान सिर गुँथवाकार गुरु के डेरे की तरफ़ चल दिए कि मैं भी अपने पति से मिल लूँ।

गुरु से उनके सघन और तीव्र प्रेम का दूसरा चरण विरह का है, जो मुर्शिद इनायतशाह की उनसे नाराज़गी के कारण शुरू हुआ। कहते हैं कि इनायतशाह बुल्ले शाह से नाराज़ हो गए। नाराज़गी के संबंध में विद्वानों की दो राय हैं—कुछ विद्वान् मानते हैं कि बुल्ले शाह ने खुले आम शरीयत की अलोचना शुरू कर दी, जिससे मुर्शिद नाराज़ हो गए। बुल्ले शाह के जीवन से संबंधित एक वृत्तांत कहा गया है कि—''उसकी वज़ह ये थी कि शाह इनायत अपने मुरीद को एक रुहानी नज़्म-ओ-ज़ब्त में बँधा हुआ देखना चाहते थे और वो बुल्ले शाह के बाग़ियाना इज़हार-ए-ख़यालात की वज़ह से नाराज़ हो गए। उन्होंने अपने मुर्शिद की हिदायत को नज़र-अंदाज़ किया।'' कुछ अन्य विद्वानों का मानना है कि बुल्ले शाह ने इनायतशाह के एक शिष्य का आतिथ्य अच्छी तरह नहीं किया और यह बात उनको नागवार गुज़री। इनायतशाह इससे नाराज़ हो गए और उन्होंने कहा कि ''बुल्ले की यह मजाल, चलो हम उसकी क्यारियों का पानी मोड़कर तुम्हारी तरफ़ कर देते हैं।'' बुल्ले शाह के जीवन में इससे भूचाल आ गया। वे पूरी तरह विचलित हो गए—वे रात-दिन गुरु के वियोग में दु:खी और परेशान रहने लगे। बुल्ले शाह की इस दौर की काफ़ियों में उनका कष्ट, उपालंभ, प्रेम, विनय आदि अपनी चरम तीव्रता पर है। बुल्ले शाह अपनी एक काफ़ी में अपनी इस वेदना के संबंध में कहते हैं कि—''अब लगन लगी किह करिए? न जी सकीए ते न मरिए। / तुम सुणो हमारे बैना, मोहे रात दिना नहीं चैना। हुण पी बिन पलक सरिए। अब लगन लगी की करिए।'' अर्थात् मुझे लगन लगी है। अब मैं क्या करूँ। न जिया जाता है और न ही मरा जाता है। आप मेरी बात सुनिए। प्रिय के बिना मुझे एक पल भी अच्छा नहीं लगता। बुल्ले शाह की इन काफ़ियों में उनकी आत्मकथात्मक अभिव्यक्तियाँ हैं। अपनी एक और काफ़ी में वे कहते हैं—''मेरे माही क्युं

चिर लाया ए। / कौह बुल्ला हुण प्रेम कहाणी, जिस तन लागे सो तन जाणे, / अन्दर झिड़कां बाहर ताहने, नेहों ला एह सुक्ख पाया ए।'' अर्थात् हे मेरे माही ! आप देर क्यों कर रहे हैं। बुल्ले शाह की प्रेम कहानी कौन जानता है? जिस तन को यह लगती है, वही इसे महसूस करता है। मुझे अंदर झिड़कियाँ और बाहर ताने मिल रहे हैं। बुल्ले शाह अपनी एक काफ़ी में इनायतशाह से शिकायत भी करते हैं। वे कहते हैं कि—''मेरा इक अनोखा यार है, मेरा ओसे नाल प्यार है, / कदे समझें वड परवारया, सानूं आ मिल यार प्यारया।'' अर्थात् मेरा एक अनोखा यार है और उसके साथ मेरा प्रेम संबंध है। वो बड़े परिवारवाला मेरी बात कब समझेगा? हे यार! मुझे आकर मिल।

गुरु-शिष्य, दोनों का फिर मिलन भी बहुत नाटकीय था और यह भी बुल्ले शाह के जीवन में फिर एक नए पड़ाव का सूचक है। कहते हैं कि बुल्ले शाह ने अपने नृत्य-संगीत प्रेमी गुरु को प्रसन्न करने के लिए एक स्त्री से नृत्य-संगीत सीखा। उन्होंने अपनी एक काफ़ी में इस ओर संकेत भी किया है। वे कहते हैं कि ''तेरे इश्क़ नचाइया कर थइआ थइआ ⁄ तेरे इश्क़ ने डेरा मेरे अंदर कीता,/ भर के ज़हर प्याला मैं आपे पीता,/ जब दे बहुड़ीं वे तबीबा नहीं ते मैं मर गइआं।'' अर्थात् तेरे प्रेम ने मेरे को थइया-थइया करके नचवाया। तेरे प्रेम ने मेरे भीतर डेरा जमा लिया है और यह ज़हर का प्याला भरकर मैंने ख़ुद पिया है। यदि वह वैद्य लौटकर नहीं आएगा, तो मैं मर जाऊँगी। कहते हैं कि एक उर्स में जहाँ इनायतशाह भी आने वाले थे, बुल्ले शाह संगत करने वालों के साथ मुजरा करने पहुँच गए। मुजरा करते हुए दूसरे सब गायक-नर्तक थककर बैठ गए, लेकिन बुल्ले शाह गाते और नाचते रहे। उनके स्वर में इतनी वेदना थी कि इनायतशाह द्रवित हो गए। उन्होंने उठकर बुल्ले शाह को गले लगा कर कहा कि—''तू बुल्ला है, तो बुल्ले शाह ने पलटकर कहा कि मैं भुल्ला हूँ।'' बुल्ले शाह से संबंधित एक वृत्तांत में यह घटना अलग तरह से मिलती है। उसमें कहा गया है कि ''अपने मंसूबे के तहत बुल्ले शाह रोज़ इनायतशाह के मस्जिद जाने के रास्ते पर अपनी महफ़िल का इन्क़ाद (आयोजन) करते। एक दिन इनायतशाह ने उस महफ़िल से आने वाली दर्द-ओ-रंज से भरी आवाज़ सुनी, जो उनको ही मुख़ातिब थी। वो महफ़िल में गए और पूछा कि क्या तुम बुल्ले हो? बुल्ले शाह ने कहा कि मैं बुल्ला नहीं, लेकिन भुल्ला हूँ। भुल्ला का मतलब नादिम और शर्मिंदा होता है। मुर्शिद ने

वहीं बुल्ले को मुआफ़ कर दिया।'' पश्चाताप और विरह की आग में बुल्ले शाह तपकर सोना हो गए। बुल्ले शाह के प्रेम की तीव्रता ने उनको गुरु से अभिन्न कर दिया। बुल्ले शाह की इस दौर की काफ़ियों में यह अभेद और एकता साफ़ दिखाई पड़ती है। अपनी एक काफ़ी में वे कहते हैं कि—''राँझा राँझा कर दी नी मैं आपै राँझा होई।/ सद्दो नी मैनूं धीदो राँझा हीर न आखे कोई।'' अर्थात् राँझा-राँझा करते हुए मैं स्वयं राँझा हो गयी हूँ। सब मुझे राँझा कहते हैं, मुझे हीर कोई नहीं कहता।

3

क़ादिरी सूफ़ी संप्रदाय से संबद्ध होने के बावजूद बुल्ले शाह उसकी दार्शनिक धारणा और पद्धति से पूरी तरह से बँधे हुए नहीं लगते। उनका अध्यात्म उनकी अपनी साधना और अनुभव में तप और ढलकर फिर उनकी वाणी में आता है। अधिकांश सूफ़ियों की ख़ास बात यह है कि अनुभव की प्रक्रिया से गुज़रने के बाद ही कोई दर्शन उनकी वाणी में जगह पाता है, इसलिए सभी सूफ़ी अपनी वाणी में कुछ-कुछ अलग हो जाते हैं। परम सत्ता या सत्य तक पहुँचने का उनका मार्ग 'इश्क़े मजाज़ी' से होकर 'इश्क़े हक़ीक़ी' तक जाता है। बुल्ले शाह ने अपनी काफ़ियों में इश्क़े मजाज़ी का महत्त्व स्पष्ट किया है। एक जगह वे कहते हैं—''जिचर ना इश्क़-मजाज़ी लागे, सूई सीवे ना बिन धागे। / इश्क़ मजाज़ी दाता है, जिस पिच्छे मस्त हो जाता है।'' अर्थात् जिसको इश्क़ मजाज़ी नहीं लगती उसकी परम सत्ता तक पहुँच नहीं है, क्योंकि सुई भी बिना धागे के सिलाई नहीं करती। इश्क़ मजाज़ी दाता है और इसको पाने वाला मस्त हो जाता है। गुरु, मतलब मुर्शिद भी बुल्ले शाह के यहाँ परमात्मा का लौकिक रूप है। बुल्ले शाह ने एकाधिक बार यह बात कही है। एक जगह उन्होंने कहा है कि—''प्यारा पहन पोशाकां आया, आदम आपना नाम धराया, अहद ते बण अहमद आया, नबियां दा सरदार।/ अहद अहमद विच फरक ना बुल्लिआ, इक रत्ती भेत मरोड़ी दा।'' अर्थात् प्रियतम सांसारिक पोशाक पहनकर आया है। उसने आदमी का नाम धारण किया है। वह नबियों का सरदार है। बुल्ले शाह कहता है कि ईश्वर और गुरु में रत्ती भर का भी फ़र्क नहीं है। सूफ़ी हमेशा से यही मानते आए हैं कि ईश्वर आप से दूर हो ही नहीं सकता। आप कितना भी भाग लें, सूर्य से आपकी दूरी उतनी ही रहती है। बस ज़रूरत है अपनी

पीठ घुमाकर सूर्य की तरफ़ मुँह करने की है और सूर्य अपनी पूरी कलाओं के साथ आपके सामने होता है। मुर्शिद का कार्य भी बस यही होता है कि आपने जो सूर्य की तरफ़ पीठ की होती है,वह उसे घुमाकर आप को सूर्य के सामने कर देता है। बुल्ले शाह ने गुरु इनायतशाह को हिदायत करने वाला 'हादी' और परमात्मा से मिलानेवाला 'मुर्शिद' कहा है। उनकी एक पंक्ति है—''मेरे दुक्ख दी सुनो हकायत, आ इनायत करे हदायत, ता मैं तारिया।'' उन्होंने उनको अपना पति, शौहर, साईं, सज्जन, यार आदि कहकर उनके प्रति अपनी निष्ठा और प्रेम प्रदर्शित किया है। बुल्ले शाह को सतगुरु और परमात्मा अभिन्न और अभेद लगते हैं। उन्हें परमात्मा की तरह सतगुरु भी सर्वव्यायक लगता है। बुल्ले शाह ने अपनी काफ़ियों और दूसरी रचनाओं में यह बात बार-बार दोहरायी है। एक जगह *बारहमाह* में वे कहते हैं कि—''सावण सोहे मेघला घर सोहे करतार। ठौर ठौर इनायत बस्से पपीहा करे पुकार।''

बुल्ले शाह की वाणी में एक सत्ता की सर्वत्र व्याप्ति की प्रतीति बहुत सघन और निरंतर है। आत्मा भी उनके अनुसार उसी परम सत्ता का अंश है। बुल्ले शाह एक जगह कहते हैं कि ''बुल्ला शाह संभल जब आप देखा,/ सदा सोहंग प्रकाश होए झुल दा एं।'' अर्थात् बुल्ले शाह ने जब सँभलकर देखा, तो उसे प्रतीति हुई कि मैं वही, उसका प्रकाश हूँ। वे इसी तरह कहते हैं कि—''बुल्ला शाह सँभाल तूं आपे ताईं। तूतां सदा आनंद हैं चानना।'' अर्थात् हे बुल्ले शाह! तू अपने को सँभाल। तू सदा आनंद और प्रकाश है। बुल्ले शाह यह भी कहते हैं आत्मा मन और इंद्रियों के बंधनों के अधीन है, लेकिन उसमें इनसे मुक्त होकर अपने परमात्म स्वरूप को पहचानने का सामर्थ्य है। बुल्ले शाह कहते हैं कि—''बुल्ला शाह बेबाक विचार सेती, ख़ुदी छोड़ ख़ुद होई ख़सम साईं।'' अर्थात् बुल्ले शाह निर्मल बुद्धि से विचार कर अपना अहम् छोड़ और ख़ुद अपना पति या स्वामी बन। आत्मा का परमात्मा में विलय और सांसारिक बंधनों से मुक्ति का एक ही साधन परमात्मा के प्रति प्रेम और उससे मिलने की लगन है। यह लगन या विरह बुल्ले शाह की वाणी का सार है। वे अपने को प्रेमी और परमात्मा को प्रियतम मानकर उससे मिलने के लिए आकुल-व्याकुल हैं। मिलने की यह कामना और उससे अलग होने का विरह बुल्ले शाह की कविता में अपने चरम पर है। यह विरह उनकी कविता में प्रतीक्षा, संयोग की कामना, उपालंभ आदि सभी रूपों में है। एक काफ़ी

में प्रियतम के वियोग उसकी प्रतीक्षा का रूप यह है, बुल्ले शाह कहते हैं—''मैं उड़ीकां कर रही, कदी आकर फेरा। / मैं जो तैनूं अखिया कोइ गल सुनेहड़ा। / चशमां सेज बिछाईयां दिल कीता डेरा। / लटक चलंदा आंवंदा शाह इनाइत मेरा।'' अर्थात् मैं प्रतीक्षा कर रही हूँ। कभी फेरा करो। मैं तुमसे अच्छी लगने वाली बात कहूँ। मैंने दिल के घर में अपनी आँखों की सेज बिछायी है। हे शाह इनायत! आप आओ। अपनी एक और काफ़ी में वे कहते है कि—''बुल्ला शाह मैं तेरी बरदी हां, तेरा मुक्ख वेखण नूं मरदी हां,/ नित्त सौ सौ मिंनतां करदी हां, हुण बैठ पिंजर विच धस्स कर जी।'' अर्थात् मैं बुल्ले शाह आपकी दासी हूँ। मैं रोज़ सौ-सौ मिन्नतें करती हूँ और केवल अस्थिपंजर रह जाने के बाद आपका भी मुँह देखने के लिए मरती हूँ।

बुल्ले शाह की वाणी में सूफ़ी साधना का कलमा और इसके समानार्थी शब्द बांग, कुन, शब्द और नाम कई बार आए हैं। कलमा इस्लाम में भी है और यह आंशिक फेर-फार के साथ 'अनहद' के रूप में संतों के यहाँ भी है। बुल्ले शाह कहते हैं कि आत्मा जब नौ द्वार पार कर दसवें दरवाज़े पर पहुँचती है, तो अनहद नाद सुनायी पड़ता है। उन्होंने कहा है कि—''दर दसवें ते आण खलोया।'' बुल्ले शाह यह भी कहते हैं कि मुर्शिद कृपापूर्वक शिष्य को कलमे में लाता है और कलमा ही है, जो मनुष्य को संसार के बंधन से मुक्त करता है। बुल्ले शाह एक जगह यह संकेत करते हैं। वे कहते हैं कि ''असीं आजज़ विच कोट इल्म दे, ओसे आंदे विच कलम दे। / बिन कलमे दे नाहीं कम दे, बाझों कलमे पार नहीं।'' अर्थात् मुर्शिद कृपापूर्वक मुझे कलमे में ले आया। दरअसल कलमे के बिना जीव का कोई महत्त्व नहीं है। कलमे से ही जीव की मुक्ति संभव है।

कलमे को उन्होंने 'बंसी की धुन' भी कहा है और प्रतीक रूप में बाँसुरी की महिमा का विस्तार से वर्णन भी किया है। उनकी काफ़ी 'बंसी अचरज कान्ह बजाई' में बाँसुरी की महिमा के बहाने से 'अनहदनाद' की महिमा का वर्णन है। इस काफ़ी में वे कहते हैं कि–''बंसी सभ कोई सुणे सुणावे, अर्थ एहदा कोई बिरला पावे। / जो कोई अनहद दी सुर पावे, सो इस बंसी दा शैदाई।'' अर्थात् बाँसुरी सभी सुनते-सुनाते हैं, लेकिन उसका अर्थ कोई बिरला ही समझ पाता है। जो कोई अनहद ध्वनि पा लेता है, वह उसका प्रशंसक बन जाता है।

बुल्ले शाह की वाणी का सबसे महत्त्वपूर्ण और उल्लेखनीय पहलू उसमें परमात्मा की तरह आत्मा को भी देश और समय की सीमाओं से ऊपर माना गया है। उनके अनुसार आत्मा का कोई धर्म, जाति और रंग नहीं है। जीवात्माओं की समानता का यह विचार कमोबेश 'जाति-पाँति पूछे नहीं कोई, हरि का भजे सो हरि का होई' जैसा है। बुल्ले शाह को आत्मा के परमात्मा से संबंध के अलावा कोई दूसरा वर्गीकरण और विभाजन मान्य नहीं है। उन्होंने अपनी बहुत प्रसिद्ध और लोकप्रिय काफ़ी 'बुल्ला की जाणा मैं कोण' का समाहार करते हुए साफ़ लिखा है कि—''न मैं भेद मज़हब दा पाया, न मैं आदम हव्वा दा जाया। न मैं अपना नाम धराया, न विच बठैन न विच भौण। अव्वल आखर आप नूं जाणा, न कोई दूजा होर पछाणा। / मैथों होर न कोई स्याणा, बुल्ला शाह खड़ा है कौण।'' अर्थात् न मैं धर्म का कोई भेद समझता हूँ। मैं आदम हव्वा से उत्पन्न नहीं हूँ। न मैंने अपना कोई नाम रखा है। आत्मा स्थिर नहीं है और आवागमन का भी उस पर कोई प्रभाव नहीं होता।

मनुष्य की समानता का विचार केवल बुल्ले शाह की वाणी में नहीं है—यह उनके जीवन और आचरण में भी है। बुल्ले शाह ने जब हज़रत इनायतशाह को अपना मुर्शिद चुना, तो उनकी बहुत आलोचना हुई। लोगों ने कहा कि हज़रत मुहम्मद के सैयद वंश से संबंधित और विद्वान् का अराई (माली) जाति के व्यक्ति को मुर्शिद कहना शर्म की बात है। बुल्ले शाह अपने निर्णय पर क़ायम ही नहीं रहे, उन्होंने अपने को इनायतशाह के प्रति कृतज्ञ भी महसूस किया। उन्होंने कहा कि—''जो तूं लोड़े बाग बहारां, चाकर रहो अराइयां दा।'' उनके जीवन में ऐसे और कई प्रकरण हैं, जो मनुष्य मात्र की समानता में उनके विश्वास की पृष्टि करते हैं। कहते हैं कि एक बार रमज़ान के महीने में उनके कुछ शिष्य गाजरें खा रहे थे। कुछ मुसलमानों ने इस बात पर उनकी पिटाई कर दी। मुसलमान बुल्ले शाह के पास गए और उनसे पूछा कि तुम कौन हो, तो बुल्ले शाह ने अपने कंधे ऊँचे कर दिए। मुसलमान चले गए, तो उनके शिष्य बुल्ले शाह के पास गए और मुसलमानों की शिकायत की। बुल्ले शाह ने उनसे कहा कि तुम मुसलमान बने, इसलिए तुम्हारी पिटाई हुई, जबकि हम कुछ नहीं बने, इसलिए हमारा कुछ नहीं हुआ।

बाह्याचार और कर्मकांड प्रति बुल्ले शाह का रवैया आलोचनात्मक है। यह केवल बुल्ले शाह के यहाँ ही नहीं, यह कुछ और सूफ़ियों के यहाँ भी मिलता है। उनके लिए प्रियतम परमात्मा के अलावा और किसी का महत्त्व नहीं है। मौलाना रूम ने बहुत साफ़ शब्दों में कहा है कि—''आशिकां रा मजहबे मिल्लत नेस्ती।'' बुल्ले शाह ने भी साफ़ कहा है कि—''ज़ात मज़हब एह इश्क़ ना पुछदा, इश्क़ शरआ दा वैरी।'' अर्थात् इश्क़ जाति और मज़हब नहीं पूछता। इश्क़ शरीयत का दुश्मन है। 'इश्क़ शरआ दी लग्ग गई बाज़ी, खेडां मैं दाओ लगा के', 'तोड़ शरआ नूं जित्त लई बाज़ी, फिरदी नक्क वढा के', 'सच्च शरआ करे बर्बादी ए, सच्च आशक दे घर शादी ए', 'करम शरआ दे धरम बतावण, संगल पावन पैरीं' आदि उनकी पंक्तियों का निहितार्थ भी यही है। बुल्ले शाह ने बाह्य कर्मकांड की निरर्थकता को बार-बार उजागर किया है। बुल्ले शाह की दोटूक राय यह है कि काज़ी-मुल्ला आदि सभी कर्मकांड का जाल फैलाकर लोगों को गुमराह करते हैं, जो ईश्वर से प्रेम में साधन सिद्ध होने के बजाय बाधा सिद्ध होते हैं। बुल्ले शाह ने अपनी एक काफ़ी में बहुत साफ़ कहा है कि—''मुल्लां काज़ी राह बतावण, देण धरम दे फेरे। / इह तां ठग न जग देझ्शीवर, लावण जाल चुफ़ेरे।'' अर्थात् मुल्ला और काज़ी धर्म का मार्ग बताने के बजाय मनुष्य को चक्कर (भ्रम) में डालते हैं। ये ठग चिड़ीमार की तरह चारों तरफ़ अपना जाल फैलाते हैं। उन्होंने और एक जगह कहा है कि—''तजूं मसीत तजूं बुत्तखाना, बरती रहां ना रोज़ा जाणा, भुल्ल गया वुजू नमाज़ दुगाणा। अर्थात मैं मस्जिद और मंदिर, दोनों छोड़ता हूँ। मैं रोज़ा और व्रत भी नहीं करता। मैं वज़ू, नमाज और और दुगाना भूल गया हूँ।

बुल्ले शाह कहते हैं कि धार्मिक कर्मकांड का महत्त्व प्रियतम से संयोग तक सीमित है। अपनी एक काफ़ी में वे कहते हैं कि—''रोज़े हज्ज नमाज़ नी माए, मैंनू पिया ने आण भुलाए। / जद प्रिया दीआं खबरां पईयां, मंतक नाहिव सब्भे भुल्ल गईआं।'' अर्थात् हे माँ! रोज़ा हज और नमाज़ प्रियतम ने आकर भुला दिए हैं। जब से प्रियतम ने अपने आने की सूचना दी है, जादू-टोना आदि सब भूल गयी हूँ। प्रियतम (मुर्शिद) से मिलना उनके लिए हज करने से कम नहीं है। वे कहते हैं कि—''हाजी लोक मक्के नूं जांदे, मेरा राँझा माही मक्का'' अर्थात् हाजी लोग मक्का जाते हैं, लेकिन मेरा राँझा ही मेरा मक्का है।

शरीयत को लेकर बुल्ले शाह नकारात्मक नहीं हैं। वे यह मानते हैं कि उसकी भी प्रियतम ईश्वर से संयोग में एक भूमिका है, लेकिन यह भूमिका अंतिम नहीं है। बुल्ले शाह ने अपनी काफ़ी में इश्क़ और शरीयत के संबंध की बहुत सुंदर व्याख्या की है। वे कहते हैं कि लड़कियाँ गुड्डे-गुड़ियों से बचपन तक ही खेलती हैं। फिर माता-पिता आदि सब उनको भूल जाते हैं। अद्वैत की अवस्था में पहुँचने पर कर्मकांड और बाह्याचार बच्चों के खेल और अज्ञानियों के झगड़े हैं। बुल्ले शाह कहते हैं कि ''माएं न मुड़दा इश्क़ दीवाना, शौह नाल प्रीतां लाके। / इश्क़ शरआ दी लग्ग गई बाजी, खेड़ा मैं दाओ लगा के।'' अर्थात् हे माँ ! पति के साथ प्रेम में दीवानी हूँ। गाँव में आग लगाकर इश्क़ और शरीयत में प्रतिद्वंद्विता है। बुल्ले शाह ने हिन्दू धार्मिक बाह्याचारों की भी आलोचना की है। उनके अनुसार पंडित और मुल्ला दोनों एक हैं, दोनों भेद की बात नहीं जानते। बुल्ले शाह कहते हैं कि—''पढ़-पढ़ पंडित मुल्ला हारे, किसे न भेद पछाता। ज़री बाफरी कदर की जाणे, छुट्ट ओन्हां जत काता।'' अर्थात् मुल्ला और पंडित पढ़-पढ़कर थक गए। भेद उनको समझ में नहीं आया। ज़री और रेशम बुनाई, वे नहीं जानते, जिन्होंने कभी इनकी बुनाई नहीं की।

6

'मैं कौण' अपने अस्तित्व को लेकर यह जिज्ञासा और चिंता बुल्ले शाह की वाणी में बहुत मुखर और लगभग केंद्रीय हैसियत में है। यों सूफ़ियों और संतों के यहाँ यह जिज्ञासा मिलती है, लेकिन अधिकांश के यहाँ यह मत-मतांतरों की शब्दावली में है, लेकिन बुल्ले शाह के यहाँ यह जिज्ञासा उनके अनुभव में बाँस के अंकुर की तरह फूटती है। उनमें अपनी निर्मित सांसारिक पहचानों से अलग, अपने होने के संबंध में जानने की गंभीर क़िस्म की बेचैनी है। यह जिज्ञासा उनको फ़क़्क़ीरों में भी सबसे अलग खड़ा कर देती है। उनका यह अनुभव उनको उनके अपने समय और स्थान के संदर्भ से अलग ऊपर कर देता है। वे कहते हैं कि? ''तूं किधरों आया किधर जाणा, आपना दस्स टिकाना ।/ जिस ठाने दा तूं मान करे, तेरे नाल ना जासी ठाना।'' अर्थात् तू किधर से आया है और कहाँ जाएगा ? अपना ठिकाना बता। जिस ठिकाने पर तुझे बहुत गर्व है, वह तेरे साथ नहीं जाएगा। अस्तित्व की यह चिंता उनको सांसारिक पहचानों से अलग करती है। वे कहते हैं कि—''बुल्ला की जाणा मैं कौण। /

ना मैं मोमन विच मसीतां, ना मैं विच कुफ़र दीआं रीतां, / ना मैं पाकां विच पलीतां, ना मैं मूसा ना फ़रऔन।'' अर्थात् मुझे नहीं पता कि कि मैं कौन हूँ। मैं मस्जिद में मुसलमान नहीं हूँ, मैं काफ़िर भी नहीं हूँ, मैं गंदगी में पवित्रता नहीं हूँ। मैं मूसा भी नहीं हूँ और फ़रऔन भी नहीं हूँ। बुल्ले शाह की ख़ास बात यह है कि वे सांसारिक नज़रिये से बनी अच्छी-बुरी, छोटी-बड़ी ऊँची-नीची आदि संप्रदाय, जाति, धर्म, रंग आदि की किसी भी पहचान में अपने को नहीं पाते। उनका भरोसा केवल अपने भीतर के अनुभव और उसके साक्ष्य पर है। वे बहुत साफ़ शब्दों में कहते हैं कि—''की जाणां मैं कोईवे अड़या, की जाणां मैं कोई। / जो कोई अन्दर बोले चाले ज़ात असाडी सोई,/ जिस दे नाल मैं नेहों लगाया,ओहो जेही होई। अर्थात् क्या पता मैं कौन हूँ। यह ठन गयी है। जो मेरे भीतर बोलता-चालता है मैं वही हूँ और मेरी जाति भी वही है। जिससे मैंने प्रेम किया, वह जो है मैं वही हूँ। अस्तित्व की जिज्ञासा उनको बहुत दूर ले जाती है। उनका इसका अपना अनभुव 'है भी और नहीं भी है' जैसा औपनिषदिक लगता है। वे कहते हैं कि—''तूहियौ मैं नाहीं वे सज्जणा, तूं नहीउं मैं नाहीं। खूहे दे परछावें वांगूं, घुम रेहा मन माहीं।'' तू मैं नहीं हूँ और तू भी नहीं और मैं भी नहीं हूँ। कुएँ की परछाई जैसे कुएँ में ही समायी हुई है, हमारा संबंध कुछ ऐसा ही है।

7

बुल्ले शाह मौलिक हैं—इतने मौलिक कि कोई धर्म, संप्रदाय, मत, विचार, पहचान उनके अपने अनुभव बाधा बनना तो दूर, उनके साथ किसी तरह का साझा भी नहीं करता। वे पूरी तरह मुक्त और स्वतंत्र हैं। वे कहते हैं—''मैं बे-क़ैद मैं बे-क़ैद ॥ ना रोगी ना वैद ॥ ना मैं मोमन ना मैं काफ़र,/ ना सैय्यद ना सैद॥ चौंधी तबकीं सीर असाडा,/ किते ना हुन्दा क़ैद॥ ख़राबात मैं/ जात असाडी,/ ना शोभा ना ऐब॥ बुल्ला शौह दी ज़ात की पुछनैं,/ ना पैदा ना पैद।'' अर्थात् मैं किसी की क़ैद में नहीं हूँ और किसी बंधन में भी बँधा हुआ नहीं हूँ। मैं मोमिन नहीं हूँ और काफ़िर भी नहीं हूँ। मैं सैयद हूँ, लेकिन सैद नहीं हूँ। चौदह ही भुवनों में हम घूमते हैं। सभी जगह आने-जाने पर भी हम कहीं क़ैद नहीं होते। हम किसी मोह के बंधन में नहीं पड़ते। हमारी प्रकृति ही मस्ती या बेख़ुदी की है। हम में कोई गुण नहीं है और हममें कोई अवगुण भी नहीं है।

मेरे वजूद के संबंध में क्या पूछते हो। वह तो है नहीं। वह गुम है। वह न पैदा हुआ है, न पैदा होगा। उनका यह 'वजूद' धार्मिक होकर भी पारंपरिक अर्थ में धार्मिक नहीं है, क्योंकि यह किसी स्थापित और पारंपरिक धर्म के दायरे से बाहर है। यदि धर्म स्थापित और ठहरा हुआ ही होता है, तो बुल्ले शाह का यह अनुभव कुछ हद तक इस धर्म से आगे और अलग है। बुल्ले शाह का स्थापित धर्मों के प्रति नज़रिया बहुत आलोचनात्मक है। वे साफ़-साफ़ कहते हैं कि—''विंखो ठग्गां शोर मचाया, जंमणा मरणा चा बणाया।/ मूरख भुल्ले रौला पाया, जिस नूं आशिक़ ज़ाहर कीता,/ ऐसा जगया ज्ञान पलीता।'' अर्थात् ज्ञान के पलीते ने सब ख़त्म कर दिया। ठगों ने शोर मचाकर आवागमन और जन्म-मरण बनाए। जो प्रेमी ने प्रकट किया मूर्ख झगड़े और शोर-शराबे में उसको भूल गए। बुल्ले शाह शास्त्र या किताबी ज्ञान को भी अपने अनुभव में शामिल नहीं करते। वे साफ़ चेतावनी देते हैं कि—''इल्मों बस करीं ओ यार।/ इल्म ना आवे विच शुमार, इक्को अलफ़ तेरे दरकार,/ जांदी उमर नहीं इतबार, इल्मों बस करीं ओ यार। अर्थात् हे मित्र! पोथियाँ पढ़ना बंद करो। उम्र बीत रही है और इसका कोई भरोसा नहीं है। तुम्हें तो केवल एक अक्षर अल्लाह की ज़रूरत है।

8

बुल्ले शाह ने आजीवन कविता की। उनकी कविता के भी उनके जीवन की ही तरह तीन चरण हैं। पहले चरण में बुल्ले शाह की वो कविता है, जो इस्लाम के उनके अध्ययन और ज्ञान से प्रभावित है। यहाँ उन्होंने इस्लामी आचार-विचारों और मिथकों आदि का इस्तेमाल किया है। उनकी दूसरे चरण की कविता में बुल्ले शाह अपने मुर्शिद के संपर्क में आ चुके थे, जिससे प्रेम का महत्त्व और बाहरी ज्ञान और कर्मकांड की व्यर्थता भी उनकी समझ में आ गयी थी। उन्होंने एक जगह लिखा है कि—''पतियाँ लिखां मैं शाम नू मोहे पिया नज़र न आवे/ आँगन बना डरावना किस विध रैन विहावे/ पांधे पंडित जगत के मैं पूछ रहीयां सारे/ पोथी वेद का दोस है जो उल्टे भाग हमारे/ भैया वे ज्योतिशिया एक सच्ची बात भी कहियो/ जाँ मैं हीनी भाग की ताँ चुप भी न रहियो!'' बुल्ले शाह अपनी कविता के तीसरे चरण में पूर्णता की अवस्था में हैं। उनकी कविता में तसव्वुफ़ अब चरम पर है। वे कहते हैं कि—''की

करदा नी की करदा नी,/ कोई पुच्छे खां दिलबर की करदा। इकसे घर विच वसदया रसदियां, नहीं हुन्दा विच परदा।/ विच मसीत नमाज़ गुज़ारे, बुत्ख़ाने जा वड़दा।/ कोई पुच्छे खां दिलबर की करदा।'' अर्थात् वह क्या-क्या नहीं करता। एक ही घर में दोनों के रचे-बसे होने के बाद भी परदा है। मस्जिद में नमाज़ पढ़ने के बाद वह मंदिर चला जाता है।

बुल्ले शाह की वाणी उच्च कोटि की कविता भी है और यह अनायास है। बुल्ले शाह के काव्यरूप काफ़ी, बारहमाह, गढ़ाँ, सीहरफ़ी, अठवारा और दोहा भारतीय सूफ़ियों और उनमें भी ख़ासतौर पर पंजाबी सूफ़ियों द्वारा प्रयुक्त पारंपरिक भारतीय काव्यरूप हैं। ये वे काव्यरूप है, जिनका विकास और उपयोग सूफ़ियों ने यहाँ की सामाजिक-सांस्कृतिक ज़रूरत और परिस्थिति को ध्यान में रखकर किया। बुल्ले शाह की अधिकांश वाणी काफ़ियों में है। 'काफ़ी' संत-भक्तों द्वारा प्रयुक्त 'पद' या 'शबद' जैसा काव्य रूप है। काफ़ी, काफ़ी ठाठ की सम्पूर्ण रागिनी है, जिसमें गांधार और निषाद कोमल और बाकी सारे स्वर शुद्ध लगते हैं। काफ़ी का एक अर्थ ख़ुदा भी है। ईश्वर के नाम की जितनी तारीफ़ें हैं, वे सभी इस काव्य रूप में मिलती हैं। काफ़ी का अर्थ पीछे चलने वाला और अनुचर भी होता है। काफ़ी इस तरह एक स्थायी छंद के अनुगामी छंदों का वह पद है, जिसमें पीछे गाते समय अन्य तुकें जोड़ी जाती हैं। सूफ़ी फ़क़ीर प्रेम के पद गाया करते थे और उनके पीछे मुरीदों की मंडली उसे दोहराती थी। इस काव्य शैली का प्रयोग सब से पहले हजरत शाह हुसैन ने किया था। यह काव्य रूप पंजाब की संस्कृति का एक अभिन्न अंग है। बुल्ले शाह ने राग आधारित काफ़ियों की भी रचना की है। उनके द्वारा प्रयुक्त कुछ प्रमुख राग—झिंझोटी, धनाश्री, जयजयवंती, तिलंग, बिलावल, रामकली, केदार, भैरवी, हिंडोल, विभास, प्रभाती आदि हैं। काफ़ियाँ सामूहिक रूप से भी गायी जाती हैं। काफ़ियों की भाषा सरल और संप्रेषणीय होती हैं। बुल्ले शाह की काफ़ियाँ बहुत लोकप्रिय हुईं। भारत और पाकिस्तान की फ़िल्मों में उनका उपयोग हुआ। काफ़ियों में अरबी-फ़ारसी के उद्धरण और शब्दों का प्रयोग भी होता है। *बारहमाह* पंजाबी का प्रसिद्ध लोक काव्य रूप है। यह षड्ऋतु वर्णन का रूपांतर है। *बारहमाह* में विरहणी महीने से संबद्ध ऋतु के अनुसार अपने विरह का वर्णन करती है। यह भारतीय परंपरा का काव्य रूप है, जिसका उपयोग सूफ़ियों ने भी किया। 'सीहरफ़ी' को 'पट्टी' या 'बावनअक्षरी' भी कहते

हैं। सिहरफ़ी सूफ़ी कवियों में प्रचलित काव्यरूप है, जिसमें कवि अक्षरों को आधार बनाकर अपने विचार व्यक्त करता है। बुल्ले शाह की सिहरफ़ियों में प्रेम और विरह का स्वर प्रधान है। 'अठवारी' भी सूफ़ियों द्वारा प्रयुक्त काव्य रूप है, जिसमें सप्ताह के आठ दिनों के आधार पर प्रेम और विरह का वर्णन किया जाता है। 'दोहा' मध्यकाल का सबसे अधिक लोकप्रिय छंद है। भारतीय संत-भक्तों की तरह सूफ़ियों ने भी इसका इस्तेमाल किया। बुल्ले शाह के दोहे गूढ़ आध्यात्मिक अनुभव समेटे हुए हैं। 'गंढ़ाँ' पंजाबी का लोककाव्य रूप है। गंढ़ाँ पंजाब में विवाह के दौरान प्रयुक्त एक प्रथा है, जिसमें जब लड़की के विवाह का मुहूर्त निकाला जाता था, तो लड़कीवाले लग्न से पहले लड़केवालों को एक रेशमी धागे को उतनी गाँठें डालकर भेजते थे, जितने दिन विवाह में शेष रहते थे। बुल्ले शाह की वाणी का खाद-पानी पंजाब के लोक जीवन से आता है। चरखा, पूनियों, गोहाड़ियों, तकलों, त्रिञण, पत्तर, पूर, रस्सी, घोड़ा, घड़ोली आदि ही उनके सादृश्यविधान या अलंकरण की अनायास सामग्री है। प्रेमी-प्रेमिका का रूपक उनकी कविता में ख़ूब है और यह हीर-राँझा, सस्सी-पुन्नु, संमी-ढोला, यूसुफ़-जुलेख़ा, लैला-मजनूँ आदि के संबंधों में ढाला-गढ़ा गया है। शराब, प्याले, सुराही आदि सूफ़ी प्रतीक अपनी वाणी में इस्तेमाल किए हैं, लेकिन बुल्ले शाह ने कृष्ण, कान्ह, गऊ, वृंदावन, बाँसुरी, राम, दहसिर (रावण), लंका आदि भारतीय प्रतीक भी बहुतायत से इस्तेमाल किए हैं। कलमा के लिए बुल्ले शाह ने अनहद, शब्द, नाम, नाद आदि शब्दों का प्रयोग किया है। बुल्ले शाह की अभिव्यक्ति का मुहावरा पंजाबी है और यह सहज संप्रेष्य रूप में है।

बुल्ले शाह का समय पंजाब में सूफ़ी शायरी का बहुत उर्वर समय था, लेकिन वे ख़ास और अलग इस अर्थ में है कि धार्मिक होते हुए भी वे किसी धर्म के मातहत नहीं हैं, वे 'बे-क़ैद' हैं। उनका अनुभव और विवेक, जहाँ ज़रूरत लगती है, धर्म के दायरे से बाहर जाकर बात करता है। यह साहस और खुलापन उनको कुछ हद तक विरासत में मिला। शाह हुसैन (1538–1599 ई.), सुल्तान बहू (1629–1691 ई.) और शाह शराफ़ (1640–1724 ई.) जैसे विख्यात कवि उनके समय में पंजाबी सूफ़ी शायरी की परंपरा में थे। प्रसिद्ध सिंधी सूफ़ी कविशाह अब्दुल लतीफ़ भताई (1689–1752 ई.) बुल्ले शाह के समकालीन थे। उनके समय में ही हीर-राँझा के प्रसिद्ध पंजाबी कवि

वारिस शाह (1722-1798 ई.) और सिंधी के प्रसिद्ध सूफ़ी कवि अब्दुल वहाद (1739-1829 ई.) भी हुए। आगरा के मीर तक़ी मीर (1723-1810 ई.) भी बुल्ले शाह के समकालीन थे और उनसे मात्र 400 मील की दूरी पर आगरा में ही रहते थे। ख़ास बात यह है कि इन सभी ने किसी तयशुदा रास्ते पर चलने के बजाय अपनी पगडंडियाँ ख़ुद चुनीं। बुल्ले शाह ने भी बिना किसी की परवाह किए अपना रास्ता ख़ुद चुना। उनके मन में दुविधा भी थी, लेकिन सँभल-सँभलकर ही सही उन्होंने केवल सच कहा। उन्होंने अपनी एक काफ़ी में कहा है कि—''मुँह आई बात ना रैह्दी ए।/ झूठ आखां ते कुझ बच्चदा ए सच्च आखयां भांबड़ मचदा ए,/ जी दोहां गल्लां तों जचदा ए जच जच के जिहबा कैह्दी ए।'' अर्थात् मुँह में आई बात रुकती नहीं है। झूठ बोलता हूँ, तो कुछ बचता और सच कहता हूँ तो तूफ़ान आ जाता है। जो कहना है बहुत सँभल-सँभल कर कहता हूँ। अपनी एक और काफ़ी में वे यही बात दोहराते हैं। वे कहते हैं कि—''चुप्प करके करीं गुज़ारे नूं।/ सच्च सुणदे लोक ना सैह्दे नी, सच्च आखिए तां गल पैंदे नी,/ फिर सच्चे पास ना बैह्दे नी, सच्च मिट्ठा आशक प्यारे नूं।'' अर्थात् सच कहना, सुनना और सहन करना बहुत कठिन है, इसलिए चुप रहकर गुज़र-बसर करना ही ठीक है। सच सुनकर लोग उसे सहन नहीं करते। सच कड़वा होता है, इसलिए लोग सुनकर झगड़ने लगते हैं। लोग सच कहने वाले के पास नहीं बैठते, लेकिन साधक और प्रेमी को यह सच अच्छा लगता है। बुल्ले शाह की वाणी ख़ास और अलग इस अर्थ में भी है कि इसमें प्रेम और विरह अपने चरम पर है। इश्क़े मजाज़ी के कारण उनका प्रेम और विरह सघन ऐंद्रिकता के साथ है। बुल्ले शाह पंजाबी हैं और पंजाबीयत उनकी वाणी को देशज बनाती है। कहीं-कहीं आने वाले अरबी-फ़ारसी के शब्द और पद नहीं हों, तो लगता ही नहीं है कि बुल्ले शाह इस्लाम से संबंधित और सूफ़ी हैं। नुसरत फ़तेह अली ख़ाँ, वडाली बंधु, रब्बी शेरगिल, ए.आर. रहमान आदि कई गायकों ने उनकी वाणी को स्वर दिया है। हमारे समय में और ख़ासतौर पर युवा पीढ़ी में उनकी वाणी की लोकप्रियता का कारण उसमें जाति, धर्म, क्षेत्रीयता आदि पहचानों के बढ़ते आग्रह का मजबूत प्रतिरोध और मनुष्यता की पक्षधरता है। बुल्ले शाह का व्यक्तित्व और वाणी ऐसी है कि उसको किसी पारंपरिक पहचान—मुसलमान या हिन्दू या सूफ़ी या कुछ और में सीमित नहीं किया जा सकता और यही उनके बड़े संत

और कवि होने का प्रमाण भी है।

बुल्ले शाह की रचनाएँ अन्य भारतीय संत-भक्तों की तरह श्रुत और स्मृत परंपरा से हम तक आती हैं। यह लोक में पली-बढ़ी हैं, इसलिए इसमें पाठ का वैविध्य बहुत है और इसमें जोड़-बाकी भी काफ़ी हुई है। कर्तारसिंह दुग्गल के अनुसार उनकी 150 काफ़ियाँ, 49 दोहे, 40 गढ़ें, तीन सिहरफ़ियाँ, एक बारहमाह और एक अठवारा मिलते हैं। प्रस्तुत संकलन में उनकी चुनी हुई 89 काफ़ियाँ, 22 दोहे, 10 गढ़ें, एक अठवारा, एक बारहमाह और एक सीहरफ़ी ली गयी हैं। अधिकांश रचनाएँ डॉ. फ़क़ीर मोहम्मद के संपादित संकलन *कुल्लियात-ए-बुलहे शाह* (2011 ई.) पर आधारित हैं, जिसका उपयोग बुल्ले शाह की वाणी के सभी संकलनकर्ताओं ने किया है। *कलाम बुल्ले शाह* (संपा. नज़ीर अहमद) और *क़ानूने इश्क़* (अनवर अली रोहतकी) में संकलित कुछ रचनाएँ भी यहाँ ली गयी हैं। जे. आर. पुरी और टी. आर. शंगारी, कर्तारसिंह दुग्गल और हरभजन सिंह और शुएब नदवी के संकलनों से भी यहाँ सहयोग लिया गया है। वाणी के पंजाबी शब्दों के हिन्दी समरूप तय करने में अंग्रेज़ी साहित्य के विद्वान् मित्र प्रो. प्रदीप त्रिखा ने मदद की है।

हमारे समय और समाज में जब मनुष्य को पहचानों में सीमित और वर्गीकरणों में विभाजित करने का चलन बहुत तेज़ी से बढ़ रहा है, बुल्ले शाह की वाणी का महत्त्व और बढ़ गया है। आशा है, पाठकों को यह संकलन अपने समय और समाज में अपनी सही पहचान करने के लिए उपयोगी और रुचिकर लगेगा।

24 नवम्बर, 2022   —माधव हाड़ा

उदयपुर

काफ़ियाँ *

बुल्ला की जाणा मैं कौण।

ना मैं मोमन[1] विच मसीतां, ना मैं विच कुफ़र[2] दीआं रीतां,

ना मैं पाकां[3] विच पलीतां[4], ना मैं मूसा[5] ना फ़रऔन[6]।

ना मैं अन्दर बेद किताबां, ना विच भंगां ना शराबां,

ना विच रिन्दां[7] मस्तख़राबां, ना विच जागन ना विच।

ना विच शादी[8] ना ग़मनाकी[9], ना मैं विच पलीती पाकी,

ना मैं आबी[10] ना मैं ख़ाकी[11], ना मैं आतिश[12] ना मैं पौण[13]।

ना मैं अरबी ना लाहौरी, ना मैं हिन्दी शहर नगौरी,

ना हिन्दू ना तुर्क पशौरी, ना मैं रहन्दा विच नदौण।

ना मैं भेत मज़हब दा पाइआ, ना मैं आदम हव्वा जाइआ,

ना मैं आपना नाम धराइआ, ना विच बैठण ना विच भौण[14]।

अव्वल[15] आखर आप नूं जाणां, ना कोई दूजा होर पछाणां,

मैथों होर ना कोई स्याणा, बुल्हा शौह खड़ा है कौण॥1॥

❖ ❖ ❖

* 'काफ़ी' संत-भक्तों द्वारा प्रयुक्त 'पद' या 'शबद' जैसा काव्य रूप है। ईश्वर के नाम की जितनी तारीफ़ें हैं, वे सभी इस काव्य रूप में मिलती हैं। काफ़ी का अर्थ पीछे चलने वाला और अनुचर भी होता है। काफ़ी इस तरह एक स्थायी छंद के अनुगामी छंदों का वह पद है, जिसमें पीछे गाते समय अन्य तुकें जोड़ी जाती हैं। सूफ़ी फ़क़ीर प्रेम के पद गाया करते थे और उनके पीछे मुरीदों की मंडली उसे दोहराती थी। इस काव्य शैली का प्रयोग सब से पहले हज़रत शाह हुसैन ने किया था।
1. धर्मनिष्ठ मुसलमान 2. नास्तिकता 3. पवित्र 4. गंदगी 5. यहूदी धर्म का प्रवर्तक या पैग़ंबर 6. एक अहंकारी बादशाह 7. शराबी 8. ख़ुशी, विवाह 9. ग़मी, शोक 10. पानी का 11. मिट्टी का 12. आग 13. पवन, हवा 14. भवन 15. पहला

बुल्ला की जाणे ज़ात इश्क़ दी कौण।
ना सूहां[1] ना कंम बखेड़े[2] वंञे[3] जागन सौण।

रांझे नूं मैं गालियां देवां, मन विच करां दुआई।
मैं ते रांझा इको कोई, लोकां नूं अज़माई।

जिस बेले[4] विच बेली[5] दिस्से, उस दीआं लवां[6] बलाई।
बुल्ला शौह[7] नूं पासे छडु के, जंगल वल्ल ना जाई।
बुल्ला की जाणा ज़ात इश्क़ दी कौण॥2॥

❖ ❖ ❖

अब लगन लगी किह करिए? ना जी सकीए ते ना मरीए।
तुम सुनो हमारी बैना[8], मोहे रात दिने नहीं चैना,
हुण पी बिन पलक ना सरीए[9]। अब लगन लगी किह करिए?

इह अगन बिरहों दी जारी, कोई हमरी प्रीत निवारी,
बिन दरशन कैसे तरीए? अब लगन लगी किह करिए?

बुल्ल्हे पई मुसीबत भारी, कोई करो हमारी कारी[10],
इक अजेहे दुक्ख कैसे जरीए? अब लगन लगी किह करिए?॥3॥

❖ ❖ ❖

---

1. ख़बरें 2. झगड़े 3. भूल जाती है 4. प्रियतम, प्रेम का पात्र 5. प्रेमिका, मित्र 6. लगन, लव
7. पति 8. बातें, वचन 9. निर्वाह होता है 10. इलाज

मुँह आई बात ना रैह्न्दी ए।
झूठ आखां[1] ते कुझ बच्चदा ए, सच्च आखयां भांबड़[2] मचदा ए,
जी दोहां[3] गल्लां[4] तों जचदा ए, जच जच के[5] जिहबा कैह्न्दी ए।

इक लाज़म बात अदब दी ए, सानूं बात मलूमी सभ दी ए,
हर हर विच सूरत रब्ब दी ए, किते ज़ाहर किते छुपेंदी ए।

जिस पाइआ भेत क़लन्दर[6] दा, राह खोजया अपणे अन्दर दा,
ओह वासी है सुख मन्दर दा, जित्थे कोई ना चढ़दी[7] लैह्न्दी ए।

एथे दुनियां विच अन्हेरा ए,अते तिलकण बाज़ी वेहड़ा ए,
वड़ अन्दर वेखो केहड़ा ए, बाहर ख़फ़तण बाहर ढूंडेदी ए।

एथे लेखा पाओं पसारा ए, एहदा वखरा भेत न्यारा ए,
इक सूरत दा चमकारा ए, जिवें चिनग दारू विच पैंदी ए।

किते नाज़-अदा दिखलाईदा, किते हो रसूल मिलाईदा,
किते आशिक़ बण बण आईदा, किते जान जुदाईआं सैहन्दी ए।

जदों ज़ाहर होए नूर हुरीं, जल गए पहाड़ कोह-तूर हुरीं,
तदों दार चढ़े मनसूर हुरीं, ओथे शेखी मैंडी ना तैंडी ए।

जे ज़ाहर करां असरार ताईं, सभ भुल्ल जावण तकरार ताईं,
फिर मारन बुल्ल्हे यार ताईं, एथे मख़फ़ी गल्ल सोहेंदी ए।

असां पढ़आ इलम तहकीकी ए, ओथे इको हरफ़ हक़ीक़ी ए,
होर झगड़ा सभ वधीकी ए, ऐवें रौला पा पा बैह्न्दी ए।

बुल्ला शौह असां थीं वख नहीं, बिन शौह थीं दूजा कख नहीं,
पर वेखण वाली अक्ख नहीं, ताहीं जान पई दुख़ सैह्न्दी ए।।4।।

❖ ❖ ❖

---

1. कहता हूँ 2. आग, तूफ़ान 3. दोनों 4. बातें 5. सँभल-सँभल कर 6. मदारी 7. चढ़ती है

मैं चूहरेटड़ी[1] आं सच्चे साहब दी सरकारों।
ध्यान की छज्जली[2] गिआन का झाड़ू काम क्रोध नित झाड़ों।
मैं चूहरेटड़ी आं सच्चे साहब दी सरकारों।

काज़ी जाणे हाकम जाणे ़फारग़ख़ती बेगारों[3],
दिनें रात मैं एहो मंगदी दूर न कर दरबारों।

तुध बाझों मेरा होर ना कोई, कैं वल्ल करूं पुकारों,
बुल्ला शौह इनाइत करके बखरा[4] मिले दीदारों ॥5॥

❖ ❖ ❖

आ मिल यार सार लै मेरी, मेरी जान दुक्खां ने घेरी।
अन्दर ख़वाब विछोड़ा होया, ख़बर ना पैंदी तेरी।

सुंझी[5] बन विच लुट्टी साईआं, चोरशंग[6] ने घेरी।
मुल्लां काज़ी राह बतावण, देण धरम दे फेरे[7]।

इह तां ठग न जग दे झीवर[8], लावण जाल चुफेरे[9]।
करम शरआ[10] दे धरम बतावण, संगल पावन पैरीं।

ज़ात मज़हब एह इश्क़ ना पुछदा, इश्क़ शरआ दा वैरी[11]।
नदियों पार मुलक सज्जन दा, लोभ लहर ने घेरी।

सतगुर बेड़ी फड़ी खलोते, तैं क्यों लाई आ देरी।
बुल्ला शौह शौह तैनूं मिलसी, दिल नूं देह दलेरी।

प्रीतम पास ते टोलना किसनूं, भुलयों सिखर दुपहरी।
आ मिल यार सार[12] लै मेरी, मेरी जान दुक्खां ने घेरी ॥6॥

❖ ❖ ❖

---

1. मेहतरानी 2. छज्जली, कचरा उठाने का पात्र 3. बेगार से छूट गयी हूँ 4. अलग, हिस्सा
5. अकेली 6. चोर-डाकू 7. चक्कर 8. चिड़ीमार 9. चारों ओर 10. शरीयत 11. दुश्मन 12. ख़बर

आओ सईंयो[1] रल[2] दिओ नी वधाई।
मैं बर[3] पाइआ रांझा माही।
अज्ज तां रोज़ मुबारक चड़्या, रांझा साडे वेहड़े[4] वड़्या[5],
हत्थ खूंडी[6] मोढे कम्बल धरया, चाकां[7] वाली शकल बणाई,
आओ सईंयो रल दिओ नी वधाई।

मुकुट गऊआं[8] दे विच रुलदा[9], जंगल जूहां दे विच रुलदा।
है कोई अल्ला दे वल भुलदा, असल हक़ीक़त ख़बर ना काई,
आओ सईंयो रल दिओ नी वधाई।

बुल्ल्हे शाह इक्क सौदा कीता, पीता ज़हर प्याला पीता,
ना कुझ लाहा टोटा[10] लीता, दर्द दुक्खां दी गठड़ी चाई,
आओ सईंयो रल दिओ नी वधाई॥7॥

अब क्यों साजन चिर[11] लायो रे।
ऐसी आई मन में काई का[12], दुख सुख सभ वंजायो[13] रे,
हार शिंगार को आग लगाउं, घट पर ढांड[14] मचायो रे।

सुण के ज्ञान की ऐसी बातां, नाम निशान सभी अणघातां[15],
कोइल वांगूं कूकां आतां, तैं अजे वी तरस ना आयो रे।

मुल्लां इश्क़ ने बांग दिवाई, उठ दौड़न गल्ल वाजब आई,
कर कर सिजदे घर वल धाई[16], मत्थे महराब टिकायो रे।

---

1. सखियों 2. मिल-जुलकर 3. वर 4. आँगन 5. घुसा 6. छुरी या तलवार, जिसकी धार कुंद हो गयी हो 7. भैंस चरानेवाला 8. गायें 9. रुला रहा है, ख़राब हो रहा है 10. लाभ-हानि 11. देर, विलंब 12. क्या 13. भूल गयी हूँ, नष्ट कर दिया है 14. खोज 15. अचानक 16. दौड़ी

प्रेम नगर दे उलटे चाले, ख़ूनी नैण होए खुशहाले,
आपे आप फसे विच जाले, फस फस आप कुहायो[1] रे।

दुक्ख बिरहों ना होन पुराणे, जिस तन पीड़ां सो तन जाणे,
अन्दर झिड़कां बाहर ताअने, नेहुं लग्यां दुक्ख पाययो रे।

बुल्ला शौह संग प्रीत लगाई, सोहनी बण तण सभ कोई आई,
वेख के शाह इनायत साईं, जिय मेरा भर आइयो रे ॥८॥

❖ ❖ ❖

ऐसा जगया ज्ञान पलीता[2]।
ना हम हिन्दू ना तुर्क ज़रूरी, नाम इश्क़ दी है मनज़ूरी,
आशिक ने वर जीता, ऐसा जगया ज्ञान पलीता।

विंखो[3] ठग्गां शोर मचाया, जंमणा मरणा[4] चा बणाया।
मूरख भुल्ले रौला पाया, जिस नूं आशक ज़ाहर[5] कीता,
ऐसा जगया ज्ञान पलीता।

बुल्ला आशिक़ दी बात न्यारी, प्रेम वालयां बड़ी करारी,
मूरख दी मत्त[6] ऐवें[7] मारी, वाक सुख़न चुप्प कीता,
ऐसा जगया ज्ञान पलीता ॥७॥

❖ ❖ ❖

---

1. क़त्ल हुआ, मारी गयी 2. आग लगाने की बत्ती 3. देखो 4. जन्म-मरण 5. प्रकट किया
6. बुद्धि 7. इस तरह

अंमां बाबे दी भलिआई[1], उह हुण कंम असाडे आई।
अंमां बाबा चोर धुरां दे, पुत्तर दी वडयाई[2]।
दाणे उत्तों गुत्त बिगुत्ती[3], घर घर पई लड़ाई।

असां कज़ीए तदाहीं जाले, जदां कणक[4] ओन्हां टरकाई।
खाए खैरातें[5] फाटीए ज़ुंमा[6], उल्टी दस्तक लाई।

बुल्ला तोते मार बागां[7] थीं कढ्ढे, उल्लू रैहण उस जाई।
अंमां बाबे दी भलिआई, ओह हुण कंम असाडे[8] आई ॥10॥

❖ ❖ ❖

आपणे संग रलाई प्यारे, आपणे संग रलाई[9]।
पहलों नेहुं लगाया सी तैं, आपे चाई चाई[10]।

मैं लाया ए कि तुध लाया, आपणी ओड़[11] निभाई।
राह पवां तां धाड़े[12] बेले[13], जंगल लक्ख बलाई[14]।

भौंकण चीते ते चितमचित्ते, भौंकण करन अदाई।
पार तेरे जगातर[15] चढ़या, कंढे[16] लक्ख बलाई।

हौल दिले दा थर थर कंबदा, बेड़ा पार लंघाई।
कर लई बन्दगी रब्ब सच्चे दी, पवण कबूल दुआई।

बुल्ल्हे शाह ते शाहां दा मुखड़ा, घुंघट खोल विखाई।
आपणे संग रलाई प्यारे, आपणे संग रलाई ॥11॥

❖ ❖ ❖

---

1. भलाई 2. बड़प्पन, महानता 3. गुत्थम–गुत्था 4. गेहूँ 5. करने वाला 6. भोगनेवाला 7. बगीचे
8. हमारे 9. क्रीड़ा विनोद 10. चाहा 11. दया, कृपा 12. डाका 13. प्रियतम, प्रेम का पात्र
14. बलाय, आपदा 15. पार उतारने वाला 16. किनारे, तट

बंसी अचरज कान्ह बजाई।

बंसी वालिया चाका रांझा, तेरा सुर सभ नाल है सांझा,
तेरियां मौजां[1] साडा[2] मांझा[3], साडी सुर तैं आप मिलाई।

बंसी वालिया कान्ह कहावें, सब दा नेक अनूप सुणावें,
अक्खियां दे विच नज़र ना आवें, कैसी बिखड़ी खेड[4] रचाई।

बंसी सभ कोई सुने सुणावे, अरथ इस दा[5] कोई विरला पावे,
जो कोई अनहद की सुर पावे, सो इस बंसी का शैदाई[6]।

सुणीयां बंसी दिआं घनघोरां, कूकां तन मन वांगूं[7] मोरां,
डिट्टियां इस दियां तोड़ां जोड़ां, इक सुर दी सभ कला उठाई।

इस बंसी दे पंजदे पंज[8] सत्त[9] सारे, आपो अपणी सुर भरदे सारे।
इक्को सुर सभ विच दम सारे, साडी उस ने होश भुलाई।

इस बंसी दा लंमा लेखा, जिसने ढूंडा तिस ने देखा।
सादी इस बंसी दी रेखा, एस वजूदों सिफ़त[10] उठाई।

बुल्ला पुज पए तकरार, बूहे आण खलोते[11] यार,
रक्खीं कलमें[12] नाल ब्योपार, तेरी हज़रत भरे गवाही ॥12॥

❖ ❖ ❖

---

1. आनंद, ख़ुशी 2. हमारा, अपना 3. एक प्रकार का आभूषण जो पगड़ी में पहना जाता है 4. छोटा गाँव 5. इसका 6. प्रेमी, रूपासक्त, दीवाना 7. की तरह, के समान 8. पाँच 9. तत्त्व 10. विशेषता, लक्षण 11. खड़ा हुआ 12. शब्द का

बस कर जी हुण[1] बस कर जी,
इक बात असां नाल हस्स[2] कर जी।

तुसीं दिल मेरे विच वसदे हो, ऐवें साथों दूर क्यों नसदे हो,
नाले घत्त जादू दिल खसदे हो, हुण कित वल जासो नस्स कर जी।

तुसीं मोयां नूँ मार ना मुकदे सी, खिद्दो वांङ खूंडीं नित्त कुट्टदे सी,
गल्ल करदयां दा गल घुट्टदे सी, हुण तीर लगायो कस्स कर जी।

तुसीं छपदे[3] हो असां पकड़े हो, असां नाल जुलफ़ दे जकड़े हो,
तुसीं अजे छपन नूं तकड़े हो, हुण जाण ना मिलदा नस्स कर जी।

बुल्ला शौह मैं तेरी बरदी[4] हां, तेरा मुक्ख वेखण नूं मरदी[5] हां,
नित्त सौ सौ मिंनतां[6] करदी हां, हुण बैठ पिंजर[7] विच धस्स कर जी ॥13॥

❖ ❖ ❖

भावें जाण ना जाण वे, वेहड़े आ वड़[8] मेरे।
मैं तेरे कुरबान वे वेहड़े[9] आ वड़ मेरे।

तेरे जेहा मैनूं होर[10] ना कोई ढूंढां जंगल बेला रोही,
ढूंढां तां सारा जहान वे, वेहड़े आ वड़ मेरे।

लोकां दे भाणे चाक[11] महीं दा, रांझा तां लोकां विच कहींदा,
साडा तां दीन ईमान वे, वेहड़े आ वड़ मेरे।

मापे छोड़ लग्गी लड़ तेरे, शाह इनायत साईं मेरे,
लाइयां दी लज्ज पाल वे, वेहड़े आ वड़ मेरे ॥14॥

❖ ❖ ❖

---

1. अब 2. हँस 3. छिपते हो 4. दासी 5. मरती हूँ 6. मिन्नत, निवेदन 7. अस्थि पंजर 8. घुस, प्रवेश कर 9. आँगन 10. और, दूसरा 11. चरवाहा

भरवासा[1] की आशनाई[2] दा, डर लगदा बेपरवाही दा।
इबराहीम चिखा[3] विच पायो, सुलेमान तों भट्ट झुकायो[4],
यूनस मच्छी तों निगलायो[5], फड़ यूसफ़ मिसर विकाईदा।

ज़िकरिया सिर कलवत्तर[6] चलायो, साबर दे तन कीड़े पायो,
सुनआं गल जुन्नार[7] पवायो, किते उलटा पोश[8] लुहाई दा।

पैग़म्बर ते नूर उपायो, नाम इमाम हुसैन धरायो,
झुला जिबराईल झुलायो, फिर प्यासा गला कटाईदा।

जा ज़करिया रुक्ख छुपाइआ, छपणां उस दा बुरा मनाइआ,
आरा सिर ते चा वगाया, सणे रुक्ख चराईदा।

यहीहा उस दा यार कहाइआ, नाल ओसे दे नेहुं लगाइआ,
राह शहीं[9] दा उन्न बतलाइआ, सिर उस दा थाल कटाईदा।

बुल्ला शौह हुण असीं संआते हैं, हर सूरत नाल पछाते हैं,
किते आते हैं किते जाते हैं, हुण मैथों भुल्ल ना जाई दा ॥15॥

❖ ❖ ❖

बुल्ले नूं समझावण आइयां, भैणां[10] ते भरजाइयां[11]।
मंन लै बुल्लया कैह्हा साडा, छड्डु दे पल्ला राइयां[12]।
आल नबी औलाद अली नूं, तूं की लीकां[13] लाइयां।

जेहड़ा सानूं सैयद सद्दे, दोज़ख[14] मिलण सजाइयां।
जो कोई सानूं राई आखे, बहशतीं पींघां पाइया।

राई साईं सभनी थाईं, रब्ब दीआं बेपरवाहियां।
सोहणीयां परे हटाइयां, ते, कोझीयां लै गल लाइयां।

जे तूं लोड़ें बाग़ बहारां, चाकर हो जा राइयां।
बुल्ले शाह दी ज़ात की पुछणै, शाकर[1] हो रज़ाइआं[2] ॥16॥

❖ ❖ ❖

चलो देखिए उस मसतानड़े नूं, जिद्ही त्रिंञणां[3] दे विच पई ए धुम।
उह ते मैं वहदत विच रंगदा ए, नहीं पुछदा जात दे की हो तुम।

जीद्हा शोर चुफेरे पैंदा ए, उह कोल तेरे नित्त रहन्दा ए,
नाले नाहन अकरब[4] कहन्दा ए, नाले आखे वफ़ीआ नफ़ोसा-कुम[5]।

छडु झूठ भरम दी बसती नूं, कर इश्क़ दी कायम मसती नूं,
गए पहुंच सजन दी हसती नूं, जिहड़े हो गए सुम-बुकमुन-उम[6]।

ना तेरा ए ना मेरा ए, जग्ग फ़ानी[7] झगड़ा झेड़ा ए,
बिनां मुर्शिद रहबर[8] किहड़ा[9] ए, पढ़-फ़ाज़-करूनी-अज़-कुर-कुम[10]।

बुल्ले शाह इह बात इशारे दी, जिन्हा लग्ग गई तांघ[11] नज़ारे दी,
दस्स[12] पैंदी घर वणजारे दी, है यदुल्ल्हा-फ़ौका-ऐदी-कुम[13] ॥17॥

❖ ❖ ❖

---

1. शुक्र करने वाला, कृतज्ञ, आज्ञाकारी 2. रज़ा में प्रसन्न रहना 3. संगत, सभा 4. कुरान शरीफ़ की एक आयत, जिसमें परमात्मा मनुष्य से कहता है मैं शाहराग से तेरे निकट हूँ 5. कुरान शरीफ़ की एक आयत जिसका अर्थ है—मुझे अपने आप देखें 6. मुँह, कान और आँखें बंद करें 7. नश्वर 8. मार्गदर्शक, राह दिखानेवाला 9. कैसा 10. कुरान शरीफ़ की एक आयत जिसका अर्थ है कि तुम मुझे याद रखो, मैं तुम्हें याद रखूँगा 11. इच्छा, जिज्ञासा, आकांक्षा 12. संकेत, बताओ, कहो 13. कुरान शरीफ़ की एक आयत जिसका अर्थ है परमात्मा का हाथ सब हाथों में श्रेष्ठ है

चुप्प करके करीं गुज़ारे नूं।
सच्च सुणदे लोक ना सैह्इदे[1] नी, सच्च आखिए[2] तां गल पैंदे नी,
फिर सच्चे पास ना बैह्इदे[3] नी, सच्च मिट्ठा आशक प्यारे नूं।

सच्च शरआ करे बर्बादी ए, सच्च आशक दे घर शादी ए,
सच्च करदा नईं आबादी जिहा शरआ तरीकत[4] हारे नूं।

चुप्प आशक तों ना हुन्दी ए, जिस आई सच्च सुगंधी ए,
जिस माला सुहाग दी गुन्दी[5] ए, छडु दुनियां कूड़[6] पसारे नूं।

बुल्ला शाह सच्च हुण बोले हैं, सच्च शरआ तरीकत फोले हैं,
गल्ल चौथे पद[7] दी खोले हैं, जेहा शरआ तरीकत हारे नूं।
चुप्प करके करीं गुज़ारे नूं॥18॥

ढोला[8] आदमी बण आया।
आपे आहू[9] आपे चीता, आपे मारन धाया,
आपे साहब आपे बरदा[10], आपे मुल्ल[11] विकाया,
ढोला आदमी बण आया।

कदी हाथी ते असवार होया, कदी ठूठा[12] डांग[13] भवाया।
कदी रावल जोगी भोगी हो के, सांगी[14] सांग बणाया,
ढोला आदमी बण आया।

---

1. सहन करते हैं 2. कहता है 3. बैठते हैं 4. मार्ग, सूफ़ीवाद 5. गुँथी हुई 6. झूठ 7. आत्मा–
परमात्मा के मिलन की सर्वोच्च अवस्था 8. प्रियतम, राजस्थानी प्रेमकथा ढोला–मारू का नायक
9. हिरण 10. सेवक, नौकर 11. मूल्य 12. खाली 13. लकड़ी 14. स्वांग करने वाला

बाज़ीगर क्या बाज़ी खेली, मैनूं पुतली वांग नचाया,
मैं उस पड़ताली नचना हां, जिस गतमित[1] यार लखाया,
ढोला आदमी बण आया।

हाबील काबील[2] आदम दे जाए, आदम किस दा जाया[3],
बुल्ला ओन्हां तों भी अग्गों[4] आहा, दादा गोद खिडाया[5],
ढोला आदमी बण आया ॥19॥

❖ ❖ ❖

दिल लोचे[6] माही यार नूं।
इक हस हस गल्ल करदीयां, इक रोंदीआं धोंदीआं मरदीयां,
कहो फुल्ली[7] बसंत बहार नूं, दिल लोचे माही यार नूं।

मैं न्हाती धोती रह गई, इक गंढ[8] माही दिल बह गई,
भाह लाईए हार शिंगार नूं, दिल लोचे माही यार नूं।

मैं कमली कीती दूतियां[9], दुक्ख घेर चुफेरों लीतियां[10],
घर आ माही दीदार नूं, दिल लोचे माही यार नूं।

बुल्ला शौह मेरे घर आया, मैं घुट[11] रांझण गल लाया,
दुक्ख गए समुन्दर पार नूं, दिल लोचे माही यार नूं ॥20॥

❖ ❖ ❖

---

1. मुक्ति, रहस्य 2. आदम और हव्वा के पहले दो पुत्र 3. उत्पन्न 4. आगे 5. खेलाया 6. इच्छा
करता है 7. फूली हुई 8. गाँठ 9. संदेशवाहक, शत्रु 10. लिया 11. दबा कर, कस कर

एह अचरज साधो कौण कहावे, छिन छिन रूप किते बण आवे।
मक्का लंका सहदेव के, भेत[1] दोऊ को एक बतावे।

जब जोगी तुम वसल[2] करोगे, बांग[3] कहै भावें नाद[4] वजावे।
भगती भगत नतारो नाहीं, भगत सोई जेहड़ा मन भावे।

हर परगट परगट ही देखो, क्या पंडत फिर बेद सुनावे।
ध्यान धरो एह काफ़र नाहीं, क्या हिन्दू क्या तुर्क कहावे।

जब देखूं तब ओही ओही, बुल्ला शौह हर रंग समावे।
एह अचरज साधो कौण कहावे, छिन छिन रूप किते बण आवे ॥21॥

एह दु:ख जा कहूं किस आगे,
रोम रोम घा[5] प्रेम के लागे।
सिकत सिकत[6] है रैण विहाणी, हमरे पिया ने पीड़ न जाणी।
बिलकत बिलकत[7] रैण विहासी, हासे गल्ल पै गई फासी।
इक मरना दूजा जग दी हांसी, करत फिरत नित मोही रे मोही।
कौण करे मोहे से दिलजोई[8], शाम पिया मैं देती हूं धरोई[9]।
दु:ख जग के मोहे पूछन आए, जिन को पिया परदेस सिधाए।
ना पिया जाए ना पिया आए, इह दुक्ख जा कहूं किस जाए।
बुल्ला शाह घर आ प्यारया, इक घड़ी को करन गुज़ारया।
इह दु:ख जा कहूं किस आगे,
रोम रोम घा प्रेम के लागे ॥22॥

---

1. भेद 2. मिलन, संयोग 3. अजान 4. ध्वनि, अनहद नाद 5. घाव 6. तड़प-तड़पकर 7. बिलख-
बिलखकर 8. दिलासा, ढाढ़स 9. दुहाई

घड़ियाली[1] देओ निकाल नी, अज्ज पी घर आया लाल नी।
घड़ी घड़ी घड़िआल बजावे, रैण वसल दी पया घटावे,
मेरे मन दी बात जो पावे, हत्थों चा सुट्टे घड़िआल नी।

अनहद वाजा वज्जे सुहाणा, मुतरिब[2] सुघड़ा[3] तान तराना,
नमाज़ रोज़ा भुल्ल गया दुगाना[4], मध[5] प्याला देण कलाल नी।

मुख वेखण[6] दा अजब नज़ारा, दुक्ख दिले दा उठ गया सारा,
रैण वधे कुझ[7] करो पसारा, दिन अग्गे[8] धरो दीवाल[9] नी।

मैनूं आपणी ख़बर ना कोई, क्या जाणां मैं कित व्याही,
एह गल्ल क्यों कर छुपे छपाई, हुण होया फ़ज़ल[10] कमाल नी।

टूणे कामण[11] करे बथेरे[12], सेहरे[13] आए वडवडेरे,
हुण घर आया जानी मेरे, रहां लक्ख वरे इहदे नाल नी।

बुल्लाशाह दी सेज़ प्यारी, नी मैं तारनहारे तारी,
किवें किवें हुण आई वारी, हुण विछड़न होया मुहाल[14] नी ॥23॥

❖ ❖ ❖

घुंघट चुक[15] ओ सजणां वे, हुण शरमां[16] काहनूं रक्खियां वे
ज़ुल्फ़ कुंडल[17] ने घेरा पाया, बिसीअर[18] हो के डंग चलाया,
वेख असां वल्ल तरस ना आया, कर के ख़ूनी अक्खिआं वे।
घुंघट चुक ओ सजणां वे, हुण शरमां काहनूं रक्खियां वे

---

1. घड़ियाल बजाने वाला, समय की सूचना देने वाला 2. संगीतकार 3. सुघड़, निपुण 4. शुक्राने की नमाज़ 5. मद (शराब) का प्याला 6. देखने का 7. कुछ 8. आगे 9. दीवार 10. कृपा, दया 11. जादू-टोना 12. बहुत सारे 13. जादूगर 14. कठिन, मुश्किल 15. चूक, उठा 16. शर्म, लज्जा 17. घुँघराले बाल 18. सर्प

दो नैणां दा तीर चलाया, मैं आज्जिज़[1] दे सीने लाया,
घायल कर के मुक्ख छुपाया, चोरियां इह किन दस्सिआं वे।
घुंघट चुक ओ सजणां वे, हुण शरमां काहनूं रक्खियां वे

बिरहों कटारी तूं कस के मारी, तद मैं होई बेदिल भारी,
मुड़ ना लई तैं सार[2] हमारी, पत्तियां[3] तेरियां कच्चिआं वे।
घुंघट चुक ओ सजणां वे, हुण शरमां काहनूं रक्खियां वे

नेहों लगा के मन हर लीता, फेर ना आपणा दर्शन दीता,
ज़हर प्याला मैं आपै पीता, अकलां[4] सी मैं कच्चियां वे।
घुंघट चुक ओ सजणां वे, हुण शरमां काहनूं रक्खियां वे

शाह इनाइत मुक्खों न बोलां, सूरत तेरी हर दिल टोलां[5]।
साबत[6] होके फेर क्यों डोलां, अज्ज कौलों[7] मैं सच्चीआं वे।
घुंघट चुक्क ओ सजणा, हुण शरमां काहनूं रक्खियां वे ॥24॥

घर में गंगा आई संतो, घर में गंगा आई।
आपे मुरली आप घनइया[8] आपे जादूराई[9]।
आप गोबरीआ[10] आप गडरिया, आपे देत दिखाई।
अनहद द्वार का आया गवरिया[11], कंगन दस्त चढ़ाई।
मूंड मुंडा मोहे प्रीती कोरेन कनांमे पाई।
अम्मृत फल खा लिओ रे गुसाईं, थोड़ी करो बडाई।
घर में गंगा आई संतो, घर में गंगा आई ॥25॥

---

1. निस्सहाय, बेचारा 2. ख़बर 3. पत्र, चिट्ठी 4. बुद्धि से 5. खोज रहा हूँ 6. पूर्ण, पक्का 7. पास,
से 8. घनश्याम, कृष्ण 9. यादव राजा, कृष्ण 10. गोवर्धन पर्वत को उठानेवाला 11. ग्वाला

गुर जो चाहे सो करदा ए।
मेरे घर विच चोरी होई, सुत्ती रही ना जागया कोई,
मैं गुर फड़[1] सोझी[2] होई, जो माल गया सो तरदा[3] ए।

पहले मख़फी[4] आप खज़ाना सी, ओथे हैरत हैरतख़ाना सी,
फिर वहदत दे विच आणा सी, कुल[5] जुज़[6] दा मुज़मल[7] परदा ए।

कुन[8] फ़यीकून[9] आवाज़ां देंदा, वहदत[10] विच्चों कसरत[11] लैंदा,
पहन लिबास[12] बन्दा बण बैह्दा, कर बन्दगी मसजद वड़दा ए।

रोज़ेमीसाक[13] अलस्त[14] सुणावे, कालूबला अशहद[15] ना चाहवे,
फिर कुझ आपना आप छुपावे, उह गिन गिन वसतां धरदा ए।

गुर अल्लाह आप कहेंदा ए, गुर अली[16] नबी[17] हो बैह्दा ए,
हर हर दे दिल विच रैह्दाए, ओह खाली भांडे भरदा ए।

बुल्ला शौह नूं घर विच पाया, जिस सांगी सांग बनाया,
लोकां कोलों भेत छुपाया, उह दरस[18] पिरम[19] दा पढ़दा ए॥26॥

❖   ❖   ❖

---

1. पकड़ 2. जाग्रत, होश में 3. तैरता है क़ीमती हो जाता है 4. गुप्त 5. परमात्मा 6. अंश, आत्मा
7. छोटा, सामान्य 8. हो जा 9. हो गया 10. अद्वैत, एकता 11. अनेकता 12. वेश, पहनावा
13. इक़रारवाला दिन 14. अलस्त बिरब्बिकुम, क़ुरान शरीफ़ की एक आयत जिसका अर्थ
है—परमात्मा ने आत्मा से पूछा—क्या मैं तुम्हारा नहीं हूँ 15. साक्षी, आत्माओं ने साक्षी दी कि
कालबूला अर्थात् हाँ, तू ही हमारा परमात्मा है 16. संत 17. पैग़ंबर 18. पाठ 19. प्रेम

होरी खेलुंगी कहकर बिस्मिल्लाह[1]।
नाम नबी की रतन चढ़ी बूंद पड़ी अल्लाह अल्लाह,
रंग-रंगीली ओही खिलावे जो सखी होवे फ़ना-फ़िल्लाह[2]।
होरी खेलुंगी कहकर बिस्मिल्लाह।

अलस्तो-बे-रब्बे कुम[3] पीतम बोले सब सखियां ने घुंघट खोले,
क़ालू-बला[4] ही यूं कर बोले ला-इलाहाइल-ललाह।
होरी खेलुंगी कहकर बिस्मिल्लाह।

नहनो-अक़रब[5] की बंसी बजाई मन-अरफ़[6]-नफ़सह[7] की कूक सुनाई,
फ़सम्मा[8] वज्हुल्लाह[9] की धूम मचाई विच दरबार रसूलल्लाह।
होरी खेलुंगी कहकर बिस्मिल्लाह।

हाथ जोड़कर पाँव पड़ुंगी आजिज़ होकर बिंती[10] करूंगी,
झगड़ा कर भर झोली लूंगी नूर मोहम्मद सल्लल्लाह।
होरी खेलुंगी कहकर बिस्मिल्लाह।
फ़ज़कुरूनी[11] की होरी बनाऊं वश्कुरूली[12] पिया को रिझाऊं,
ऐसे पिया के मैं बल-बल जाऊं कैसा पिया सुब्हान-अल्लाह।
होरी खेलुंगी कहकर बिस्मिल्लाह।

सिब्ग़तुल्लाह[13] की भर पिचकारी अल्लाहुस-समद पिया मुंह पर मारी,
नूर नबी दा हक़ से जारी नूर मोहम्मद सल्लल्लाह।
बुल्ला शौह दी धूम मची है ला-इलाहाइल-ललाह।
होरी खेलुंगी कहकर बिस्मिल्लाह ॥27॥

---

1. अल्लाह के नाम पर शुरू करता हूँ, शुरुआत, आरंभ 2. वह जो ईश्वर में लीन हो गया, ब्रह्मलीन
3. अलस्त बिरब्बिकुम, क़ुरान शरीफ़ की एक आयत जिसका अर्थ है—परमात्मा ने आत्मा से पूछा,
क्या मैं तुम्हारा नहीं हूँ 4. क़ुरान शरीफ़ की एक आयत जिसका अर्थ है—तू ही हमारा परमात्मा है
5. मैं तुम्हारे गले की नस में हूँ, निकट की आवाज़ 6. वह जो अपने को जानता है, अपने ईश्वर
को भी जानता है 7. अस्तित्व 8. सम्मान 9. ख़ुदा की ज़ात, अल्लाह की ज़ात 10. बिनती, प्रार्थना
11. फ़ज़कुरूनी अज़कुरकम, क़ुरान शरीफ़ की एक आयत जिसका अर्थ है—तुम मुझे याद रखो,
मैं तुम्हें याद रखूँगा 12. वश्कुरूली-वला-तकफुरूरन, क़ुरान शरीफ़ की एक आयत जिसका अर्थ
है—मुझे धन्यवाद दो और मेरी अवज्ञा मत करो 13. जो अल्लाह का रंग है

हाजी लोक मक्के नूं जांदे, मेरा रांझा माही मक्का,
नी मैं कमली[1] हां।

मैं ते मंग[2] रांझे दी होईआं, मेरा बाबल करदा धक्का[3],
नी मैं कमली हां।

हाजी लोक मक्के वल्ल जांदे, मेरे घर विच नौशोह[4] मक्का,
नी मैं कमली हां।

विचे हाजी[5] विचे गाजी[6], विचे चोर उचक्का,
नी मैं कमली हां।

हाजी लोक मक्के वल्ल[7] जांदे, असां जाणा तखत हज़ारे[8],
नी मैं कमली हां।

जित वल्ल यार उते वल्ल काअबा, भावें फोल[9] किताबां चारे,
नी मैं कमली हां ॥28॥

❖ ❖ ❖

हत्थी[10] ढिलक[11] गई मेरे चरखे दी, हुण मैथों कत्या ना जावे
हुण दिन-चढ़आ कद होवे, मैनूं प्यारा मूंह दिखलावे,
तकले[12] नूं वल[13] पै पै जांदे, कौण लुहार लिआवे,
हत्थी ढिलक गई मेरे चरखे दी, हुण मैथों कत्या ना जावे।

तक्कलयुं वल कद्धु लुहारा, तन्द[14] चलेंदा नाहीं,
घड़ी घड़ी इह झोला खांदा, छल्ली[15] कित बिध लाहवे,
हत्थी ढिलक गई मेरे चरखे दी, हुण मैथों कत्या ना जावे ।

---

1. पागल, दीवानी, मूर्ख 2. सगाई, संबंध 3. अन्याय, अत्याचार 4. वर, दूल्हा 5. हज की यात्रा करने वाला मुसलमान 6. धर्म योद्धा 7. की ओर, की तरफ़ 8. चनाब नदी के किनारे स्थित क़स्बा, जहाँ राँझा का जन्म हुआ था 9. खँगालना 10. चरखा चलाने के लिए पकड़ने वाली हत्थी 11. झूल गयी है, लटक गयी है 12. चरखे का एक उपकरण जिस पर सूत लपेटा जाता है 13. बल 14. ताँत, धागा 15. मक्के की बाली, भुट्टा

पलीता नहीं जे बीड़ी[1] बन्नहां, बायड़[2] हत्थ ना आवे,

चमड़या नूं चोपड़ नाहीं, माहल[3] पई बतलावे,

हत्थी ढिलक गई मेरे चरखे दी, हुण मैथों कत्या ना जावे।

त्रिंजन कत्तन सद्दण सइआं, बिरहों ढोल बजावे,

तीली नहीं जो पूणियां वट्टां, वच्छा[4] गोहड़े[5] खावे,

हत्थी ढिलक गई मेरे चरखे दी, हुण मैथों कत्या ना जावे।

माही छिड़ गया नाल महीं दे, हुण कत्तन किस नूं भावे,

जित्त वल्ल यार उते वल्ल अक्खियां, मेरा दिल बेले वल्ल धावे,

हत्थी ढिलक गई मेरे चरखे दी, हुण मैथों कत्या ना जावे।

अरज़ एहो मैनूं आण मिले हुण, कौण वसीला[6] जावे,

सै मणां[7] दा कत्त लया बुल्ला, शौह मैनूं गल लावे,

हत्थी ढिलक गई मेरे चरखे दी, हुण मैथों कत्या ना जावे॥29॥

हजाब[8] करें दरवेशी[9] कोलों[10], कद तक हुक्म चलावेंगा

गल अलफी[11] सिर पा[12] बरहना[13], भलके[14] रूप वटावेंगा।

इस लालच नफ़सानी[16] कोलों, ओड़क[17] मून मनावेंगा,

घाट[18] ज़कात[19] मंगणगे प्यादे, कहु की अमल विखावेंगा[20],

आण बनी सिर पर भारी, अग्गों की बतलावेंगा।

---

1. गड्डी 2. चरखे के दो तख़्तों को जोड़ने वाली रस्सी 3. माल, रस्सी 4. बछड़ा 5. पशुओं को बाँधने का स्थान 6. साधन, सहायता 7. मनों (तोल की एक इकाई) 8. शर्म, लज्जा 9. फ़क्रीरी, भक्ति 10. के पास, से 11. फ़क़ीरोंवाली क़मीज़, कफ़न 12. पाँव 13. नग्न, नंगा 14. कल, सुबह-सुबह 15. बदलेगा 16. इंद्रियों के लालच से 17. अचानक 18. नदी के किनारे बने ठहरने-नहाने के स्थान 19. कर, टैक्स 20. दिखाएगा

हक पराया जातो नाहीं, खा कर भार उठावेंगा,
फेर ना आ कर बदला देसें, लाखी खेत लुटावेंगा,
दाअला[1] के विच जग दे जूए, जित्ते दम हरावेंगा।

जैसी करनी वैसी भरनी, प्रेम नगर दा वरतारा[2] ए,
एथे दोज़ख कट्ट तूं दिलबर, अगे खुल्ल्ह बहारा ए,
केसर बीज जो केसर जंमे, लस्हन बीज की ठगावेंगा।

करो कमाई मेरे भाई, इहो वकत कमावण दा,
पौ सतारां[3] पैंदे ने हुण, दाय ना बाज़ी हारन दा,
उजड़ी खेड छपणगीआं नरदां, झाडू कान उठावेंगा।

खावें मास चबावें बीड़े, अंग पुशाक लगाइआ ई,
टेडी पगड़ी अक्कड़ चलें, जुत्ती पैर अड़ाइया ई,
पलदा हैं तूं जम दा बकरा, आपना आप कुहावेंगा।

पल दा वासा वस्सण एथे, रहन नूं अगे डेरा ए,
लै लै तुहफे[4] घर नूं घल्लीं, एहो वेला तेरा ए,
ओथे हत्थ ना लगदा कुझ वी, एथों ही लै जावेंगा।

पढ़ सबक मुहब्बत ओसे दा तूं, बेमूजब[5] क्यों डुबणा एं,
पढ़ पढ़ किस्से मग़ज़[6] खपावें, क्यों खुभण[7] विच खुभना[8] एं,
हरफ़[9] इश्क़ दा इक्को नुक्ता, काहे को ऊठ लदावेंगा,

भुक्ख मरेंदेंआं नाम अल्लाह दा, इहो बात चंगेरी[10] ए,
दोवें थोक पत्थर थीं भारे, औखी[11] जेही इह फेरी ए,
आण बणी जद सिर पर भारी, अग्गों की बतलावेंगा।

---

1. चालाकी कर 2. बर्ताव, व्यवहार 3. सौभाग्यशाली दाँव 4. तोहफ़े, उपहार 5. बिना भक्ति या प्रार्थना 6. मस्तिष्क 7. दलदल 8. फँसना 9. अक्षर 10. श्रेष्ठ, अच्छी 11. कठिन, मुश्किल

अमां बाबा बेटी बेटा, पुच्छ वेखां क्यों रोंदे नी,
रनां[1] कंजकां भैणां भाई, वारस आण खलोंदे[2] नी,
एह जो लुटदे तूं नहीं लुटदा, मर के आप लुटावेंगा।

इक इकल्लयं जाणा ई तैं, नाल ना कोई जावेगा,
ख़वेश[3]-कबीला रोंदा पिटदा, राहों ही मुड़ आवेगा,
शहरों बाहर जंगल विच वासा, ओथे[4] डेरा पावेंगा।

करां नसीहत वड्डी जे कोई, सुण कर दिल ते लावेंगा,
मोए तां रोज़-हशर नूं उट्टण, आशक ना मर जावेंगा,
जे तूं मरें मरन तों अग्गे, मरने दा मुल्ल पावेंगा।

जां राह शरा दा पकड़ेंगा, तां ओट मुहंमदी होवेगा,
कैह्हदी है पर करदी नाहीं, एहो ख़लकत[5] रोवेंगा,
हुण सुत्यां तैनूं कौण जगाए, जागदिआं पछतावेंगा।

जे तूं साडे आखे लग्गें, तैनूं तख़त बहावांगे,
जिस नूं सारा आलम ढूंडे, तैनूं आण मिलावांगे,
ज़ुहदी[6] हो के ज़ुहद कमावें, लै पिया गल लावेंगा।

ऐवें उमर गवाइआ औगत[7], आकबत[8] चा रुढ़ाइआ ई,
लालच कर कर दुनियां उत्ते, मुक्ख सफ़ैदी आया ई,
अजे वी सुण जे तायब[9] होवें, तां आशना[10] सदावेंगा।

बुल्ला शौह दे चलणा एं तां चल, केहा चिर लाइआ ई,
जक्कोतक्को[11] की करने, जां वतनों दफ़्तर आया ई,
वाचदयां खत अकल गयो ई, रो रो हाल वंञावेंगा।
हजाब करें दरवेशी कोलों, कद तक हुक्म चलावेंगा ॥30॥

❖ ❖ ❖

---

1. विधवा 2. खड़े हो जाते हैं 3. संबंधी, रिश्तेदार 4. वहाँ 5. भीड़ 6. संघर्ष करने वाला, भक्त
7. व्यर्थ 8. आख़िरत, यमलोक, परिणाम 9. तौबा करने वाला 10. प्रेम 11. बहाने, सोच-विचार

हिन्दू ना नहीं मुसलमान, बहीए त्रिंञन[1] तज अभिमान।

सुन्नी ना नहीं हम शिया, सुल्हा[2] कुल्ल का मारग लिया।

भुक्खे ना नहीं हम रज्जे, नंगे ना नहीं हम कज्जे[3]।

रोंदे[4] ना नहीं हम हस्सदे, उजड़े ना नहीं हम वस्सदे।

पापी ना सुधरमी ना, पाप पुन्न की राह ना जाणा।

बुल्ला शौह जो हरि चित लागे, हिन्दू तुर्क दूजन[5] त्यागे॥31॥

❖ ❖ ❖

हुण किस थीं[6] आप छुपाइदा।

किते मुल्ला हो बुलेंदे हो, किते सुंनत[7] फ़रज़ दसेंदे हो,

किते राम दुहाई देंदे हो, किते मत्थे तिलक लगाइदा।

मैं मेरी है कि तेरी है, इह अंत भसम दी ढेरी है,

ढेरी नूं हुण केरी है, ढेरी नूं नाच नचाइदा।

किते बेसिर चूड़ा[8] पाओगे, किते जोड़ शान हंढाओगे,

किते आदम हव्वा बण आओगे, कदी मैथों भी भुल्ल जाइदा।

बाहर ज़ाहर[9] डेरा पायो, आपे डौं डौं ढोल बजायो,

जग ते आपणा आप लखायो, फिर अब्दुल्ला[10] दे घर धाइदा।

जो भाल तुसाडी करदा है, मोयां[11] तों अग्गे मरदा है,

ओह मोयां वी तैत्थों डरदा है, मत मोयां नूं मार कुहाइदा[12]।

---

1. वह स्थान जहाँ बैठकर स्त्रियाँ सामूहिक रूप से सूत कातती हैं 2. सुलह, सहमति 3. कपड़े पहने हुए 4. रोते 5. दो लोग, द्वैत भाव 6. चीज़, वस्तु 7. संयम का इस्लामी ढंग 8. बालों का जूड़ा 9. प्रकट 10. हज़रत मुहम्मद के सम्मानीय पिता का नाम 11. मृत 12. छुरी से धीरे-धीरे मारना

बिन्दराबन में गऊआं चरावे, लंका चढ़ के नाद वजावें,
मक्के दा बण हाजी आवें, वाह वाह रंग वटाइदा[1]।

मनसूर तुसां ते आया ए तुसां सूली पकड़ चढ़ाया ए,
मेरा वीरनां बाबल जाया, खून तुसीं दिओ मेरे भाई दा।

तुसीं सभनीं भेसीं थींदे हो, आपे मद[2] आपे पींदे हो,
मैनूं हर जा तुसीं दसींदे हो, आपे आप को आप चुकाइदा।

हुण पास तुसाडे वस्सांगी[3], ना बेदिल हो के नस्सांगी,
सभ भेत[4] तुसाडे दस्सांगी, क्यों मैनूं अंग ना लाइदा।

वाह जिस पर करम अवेहा है, तसदीक उह वी तैं जेहा है,
सच सही रवायत एहा है, तेरी नज़र मेहर तर जाइदा।

बेली अल्ला वाली मालक हो, तुसीं आपे आपने सालक[5] हो,
आपे ख़लकत[6] आप ख़ालक[7] हो, आपे अमर मअरूफ़ कराइदा।

किधरे चोर हो किधरे काज़ी हो, किते मम्बर[8] ते बह वाअजी[9] हो,
किते तेग़ बहादर ग़ाज़ी[10] हो, आपे आपणा कटक[11] चढ़ाइदा।

आपे यूसफ़ कैद करायो, यूनस मच्छली तों निगलायो,
साबर कीड़े घत्त बहायो, फेर ओह्नां तख़त चढ़ाइदा।

बुल्लाशौह हुण सही संझाते[12] हो, हर सूरत नाल पछाते हो,
किते आते हो किते जाते हो, हुण मैत्थौं भुल ना जाइदा ॥32॥

❖ ❖ ❖

---

1. बदलता है 2. मद, शराब 3. बसूँगी, रहूँगी 4. भेद 5. अन्वेषी, खोजी 6. भीड़, रचना 7. रचनाकार, ईश्वर 8. मस्जिद में उपदेश देने का स्थान 9. प्रचारक 10. धर्म योद्धा 11. सेना 12. पहचानते

हुण मैं लखया सोहणा यार,
जिस दे हुसन दा गरम बज़ार।

जद अहद[1] इक इकल्ला सी, ना ज़ाहर कोई तजल्ला[2] सी,
ना रब्ब रसूल ना अल्लाह सी, ना जब्बार[3] ते ना कहार।

बेचून[4] वा बेचगूना सी, बेशबीह[5] बेनमूना[6] सी,
ना कोई रंग ना नमूना सी, हुण गूनां-गुं हज़ार।

प्यारा पहन पोशाकां आया, आदम आपना नाम धराया,
अहद ते बण अहमद[7] आया, नबियां[8] दा सरदार।

कुन केहा फ़यीकून कहाया, बेचूनी से चूनी बणाया,
अहद दे विच मीम रलाया, तां कीता ऐड पसार।

तजूं मसीत[9] तजूं बुत्तखाना[10], बरती[11] रहां ना रोज़ा जाणा,
भुल्ल गया वुजू नमाज़ दुगाणा, तैं पर जान करां बलिहार।

पीर पैग़म्बर इसदे बरदे, इस मलायक[12] सजदे करदे,
सर कदमां दे उत्ते धरदे, सभ तों वड्डी उह सरकार।

जो कोई उस नूं लखया चाहे, बाझ वसीले[13] लखिया न जाए,
शाह इनाइत भेत बताए, तां खुल्ले सभ इसरार[14] ॥33॥

❖ ❖ ❖

---

1. परमात्मा 2. प्रकाश 3. सर्वशक्तिमान 4. निराकार 5. निराकार 6. अनन्य, अद्वितीय 7. मुर्शिद,
सतगुरु 8. पैग़ंबर 9. मस्जिद 10. मंदिर, देवालय 11. व्रत 12. देवतागण 13. साधन 14. आग्रह, हठ

इक अलफ़[1] पढ़ो छुटकारा ए।
इक अलफ़ों दो तिन्न चार होए, फिर लक्ख करोड़ हज़ार होए,
फिर उथों बाझ शमार होए, हिक अलफ़ दा नुक्ता न्यारा ए।

क्यों पढ़ना एं गड्डु किताबां दी, सिर चाना एं पंड अज़ाबां[2] दी,
हुण होयों शकल जलादां[3] दी, अग्गे पैंडा[4] मुशकल भारा ए।

बण हाफ़ज हिफ़ज कुरान करें, पढ़ पढ़ के साफ़ ज़बान करें,
फिर नेअमत विच ध्यान करें, मन फिरदा ज्युं हलकारा[5] ए।

बुल्ला बी बोहड़[6] दा बोया सी, ओह बिरछ वड्डा जां होया सी,
जद बिरछ उह फ़ानी होया सी, फिर रह गया बी अकारा ए,
इक अलफ़ पढ़ो छुटकारा ए।।34।।

❖ ❖ ❖

इक नुकता यार पढ़ाया ए।
इक नुकता यार पढ़ाया ए।

ऐन[7] ग़ैन[8] दी हिक्का सूरत, इक्क नुक्ते शोर मचाया ए,
इक नुक्ता यार पढ़ाया ए।

सस्सी[9] दा दिल लुट्टण कारण, होत पुन्नू[10] बण आया ए,
इक नुक्ता यार पढ़ाया ए।

बुल्ला शौह दी ज़ात ना कोई, मैं शौह इनायत पाइआ ए,
इक नुक्ता यार पढ़ाया ए।।35।।

❖ ❖ ❖

---

1. अलिफ़, पहला अक्षर, परमात्मा, ब्रह्म 2. मुसीबतें 3. जल्लादों 4. मार्ग 5. संदेशवाहक 6. बबूल
7. परमात्मा 8. आत्मा (ऐन पर नुक्ता लगाने से ग़ैन बन जाता है) 9. पंजाब की विख्यात प्रेमकथा
सस्सी–पुन्नू की नायिका 10. पंजाब की विख्यात प्रेमकथा सस्सी–पुन्नू का नायक

इक रांझा मैनूं लोड़ीदा[1]।
कुन[2]-फयकूनों[3] अग्गे दीआं लगियां, नेहुं ना लगड़ा चोरी दा,
आप छिड़ जांदा नाल मज्झीं दे, सानूं क्यों बेलियों मोड़ीदा,
इक रांझा मैनूं लोड़ीदा।

रांझे जेहा मैनूं होर[4] ना कोई, मिन्नतां[5] कर कर मोड़ीदा,
मान[6] वालियां दे नैण सलोने[7], सूहा दुपट्टा गोरी दा,
इक रांझा मैनूं लोड़ीदा।

अहद[8] अहमद[9] विच फरक ना बुल्लिआ, इक रत्ती भेत मरोड़ी दा,
इक रांझा मैनूं लोड़ीदा॥36॥

❖ ❖ ❖

मैं कुसुंबड़ा[10] चुन चुन हारी।
एस कुसुंबे दे कंडे[11] भलेरे अड़ अड़ चुनड़ी पाड़ी।
एस कुसुंबे दा हाकम करड़ा[12] ज़ालम ए पटवारी।

एस कुसुंबे दे चार मुकदम[13] मुआमला मंगदे भारी।
होरनां चुगिआ फूहिया-फूहिया मैं भर लई पटारी।

चुग्ग चुग्ग के मैं ढेरी कीता लत्थे आण बपारी।
औखी घाटी मुशकल पैंडा सिर पर गट्टड़ी भारी।

---

1. ज़रूरी, वांछनीय 2. हो जा 3. फ़यकुन, हो गया 4. और 5. मिन्नत, प्रार्थना 6. मान, अभिमान
7. सुंदर 8. परमात्मा 9. मुर्शिद, गुरु 10. एक फूल, जो देखने में सुंदर होता है, लेकिन जिसका
रंग कच्चा होता है 11. कांटे 12. तेज़, निर्दयी 13. राजस्व अधिकारी (चार मुक्कदम से आशय
है—मन, बुद्धि, चित्त और अहंकार)

अमलां वालीयां सभ लंघ गईआं, रह गई औगुणहारी।
सारी उमरा खेड गवाई ओड़क बाज़ी हारी।

अलसत[1] केहा जद अक्खियां लाईआं हुण क्यों यार विसारी।
इक्को[2] घर विच वसदेआं[3] रसदेआं हुण क्यों रही न्यारी।

मैं कमीनी कुचज्जी[4] कोहजी[5] बेगुण कौन विचारी।
बुल्ला शौह दे लायक नाहीं, शाह इनायत तारी[6] ॥37॥

❖ ❖ ❖

इल्मों[7] बस करीं ओ यार।
इल्म ना आवे विच शुमार, इक्को अलफ़[8] तेरे दरकार,
जांदी उमर नहीं इतबार[9], इल्मों बस करीं ओ यार।

पढ़ पढ़ इल्म लगावें ढेर, कुरान किताबां चार चुफेर,
गिरदे[10] चानण[11] विच अनेर[12], बाझों[13] रहबर ख़बर ना सार।

पढ़ पढ़ मशाइख़[14] होया, भर भर पेट नींदर भर सोया,
जांदी वारी नैण भर रोया, डुब्बा विच उरार ना पार[15]।

पढ़ पढ़ इल्म होया बौराना, बे इल्मां नूं लुट-लुट खाना,
एह की कीता यार बहाना, करें नहीं कदे इनकार।

---

1. हाँ, तू ही हमारा परमात्मा है 2. एक 3. बसती हूँ, रहती हूँ 4. बेढंगी, मूर्ख 5. आलसी
6. उद्धार कर दिया 7. पुस्तकीय ज्ञान 8. अलिफ़, उर्दू वर्णमाला का पहला अक्षर, अल्लाह
परमात्मा 9. एतबार, विश्वास 10. इर्द-गिर्द 11. प्रकाश 12. अँधेरा 13. पूछो, पता करो 14. शेख़
का बहुवचन 15. आर न पार

पढ़ पढ़ नफ़ल[1] नमाज़ गुज़ारें, उच्चियां बांगां चांघां[2] मारें,
मंबर[3] ते चढ़ वाअज़ पुकारें, कीता तैनूं हिरस[4] खुआर[5]।

पढ़ पढ़ मुल्लां होय काज़ी, अल्लाह इल्मां बाझों राज़ी,
होवे हिरस दिनों दिन ताज़ी, नफ़ा निअत विच गुज़ार।

पढ़ पढ़ मसले रोज़ सुणावें, खाणा शक शुबहे[6] दा खावें,
दस्से होर ते होर कमावें, अंदर खोट बाहर सचयार।

पढ़ पढ़ इलम नजूम विचारे, गिणदा[7] रासां[8] बुरज[9] सतारे,
पढ़े अज़ीमतां[10] मंतर झाड़े, अब जद गिने तावीज़[11] शुमार।

इल्मों पए कज़ीए होर, अक्खीं वाले अन्हे कोर,
फड़े साध ते छड्डे चोर, दोहीं जहानीं होया खुआर।

इल्मों पए हज़ारां फसते, राही अटक रहे विच रस्ते,
मारया हिजर होए दिल खस्ते, पेआ विछोड़े दा सिर भार।

इल्मों मीआं जी कहावें, तंबा[12] चुक चुक मंडी जावें,
धैला[13] ले के छुरि चलावै, नाल कसाईयां बहुत प्यार।

बहुता इलम अज़ाज़ील ने पढ़या, झुग्गा झाहा ओसे दा सड़या,
गल विच तौक[14] लाअनत दा पड़या, आख़िर गया ओह बाज़ी हार।

---

1. बंदगी 2. चीखें 3. मस्जिद में उपदेश देने का स्थान 4. महत्त्वाकांक्षा, ईर्ष्या, प्रतिद्वंद्विता 5. बेइज़्ज़त, परेशान 6. संशय, भ्रम 7. गणना करता है 8. राशि 9. ज्योतिष 10. सांसारिक सुखों के लिए भक्ति करना 11. तवीत, तंत्र-मंत्र 12. ताँबे का बड़ा बर्तन 13. पैसा 14. लोहे का भारी घेरा जो क़ैदियों के गले में पहनाया जाता है

जद मैं सबक इश्क़ दा पढ़या, दरिया[1] वेख वहदत दा वड्या,
घुंमण[2] घेरां दे विच अड़या, शाह इनायत लाइआ पार।

बुल्ला ना राफज़ी ना है सुंनी, आलम फ़ाज़ल ना आलम जुंनी,
इक्को पढ़या इल्म लदुंनी[3], वाहद अलीफ़ मीम दरकार ॥38॥

❖ ❖ ❖

इश्क़ असां नाल केही कीती, लोक मरेंदे[4] ताअने।
दिल दी वेदन कोई ना जाणे, अन्दर देस बगाने।

जिस नूं चाट[5] अमर दी होवे, सोई अमर[6] पछाणे,
एस इश्क़ दी औखी[7] घाटी, जो चढ़या सो जाणे।

आतश[8] इश्क़ फ़राक़[9] तेरे ने, पल विच साड़ विखाईयां,
एस इश्क़ दे साड़े कोलों, जग विच दिआं दुहाईआं।

जिस तन लग्गे सो तन जाणे, दूजा कोई ना जाणे,
मैं अनजाणी नेहों की जाणां, जाणे सुघ्घड़ सयाणी।

एस माही दे सदके जावां, जिस दा कोई न सानी,
रूप सरूप अनूप है उसदा, शाला[10] जवानी माणे।

हिजर तेरे ने झल्ली करके, कमली नाम धराया,
सुमुन बुकमुन उमयुन[11] होके, आपणा वकत लंघाया।

---

1. नदी 2. भँवर, चक्कर 3. भारवाहक 4. मारते हैं, देते हैं 5. लत, आदत 6. शब्द, हुक्म, नाम
7. कठिन, मुश्किल 8. अग्नि 9. वियोग 10. परमात्मा करे 11. मुँह, कान और आँखें बंद करके

कर हुण नज़र करम दी साईआं, न कर ज़ोर धगाने।
हस्स बुलौणा[1] तेरा जानी, याद करां हर वेले।

पल पल दे विच हिजर दी पीड़ा, इश्क़ मरेंदा सेले,
रो रो याद करां दिन रातीं, पिछले वकत विहाणे[2]।

इश्क़ तेरा दरकार असांनूं, हर वेले हर हीले,
पाक रसूल मुहम्मद सरवर, मेरे खास वसीले[3]।

बुल्हेशाह जो मिले प्यारा, लख करां शुकराने[4],
इश्क़ असां नाल केही कीती, लोक मरेंदे तआने॥39॥

❖ ❖ ❖

इश्क़ दी नवियों नवीं बहार।
जां मैं सबक इश्क़ दा पढ़या, मसजद कोलों जीउड़ा डरिआ,
डेरे जा ठाकर दे वड़या, जित्थे वज्जदे[5] नाद[6] हज़ार।

जां मैं रमज़[7] इश्क़ दी पाई, मैना तोता[8] मार गवाई,
अन्दर बाहर होई सफ़ाई, जित वल्ल वेखां यारो यार।

हीर रांझे दे हो गए मेले, भुल्ली हीर ढूंडेदी बेले,
रांझा यार बुक्कल[9] विच खेले, मैनूं सुध रही ना सार।
बेद कुरानां पढ़ पढ़ थक्के, सज्जदे करदयां घस गए मत्थे,
ना रब्ब तीरथ ना रब्ब मक्के, जिस पाइआ तिस नूर अनवार[10]।
फूक मुसल्ला भंन सुट लोटा, ना फड़ तसबी कासा सोटा,
आशक कह्दे दे दे होका[11], तरक हलालों[12] खाह मुरदार[13]।

---

1. बुलावा, निमंत्रण 2. बीत गया है 3. साधन, सहायता 4. आभार, कृतज्ञता 5. बजता है 6. ध्वनि
7. भेद, रहस्य 8. मैं-मेरी, तू-तेरी 9. सर्दी में चादर या कंबल को शरीर पर लपेटकर ओढ़ने का
ढंग 10. नूर का बहुवचन, प्रकाशरूप परमात्मा 11. घोषणा, आवाज़ 12. जिसको शरीयत सही
कहती है 13. जिसको शरीयत ग़लत मानती है

उमर गवाई विच मसीती, अन्दर भरिआ नाल पलीती,
कदे नमाज़ तौहीद ना कीती, हुण की करना एं शोर पुकार।

इश्क़ भुलाइओ सजदा[1] तेरा, हुण क्यों ऐवें पावें झेड़ा[2],
बुल्ला हुन्दा चुप्प बथेरा, इश्क़ करेंदा मारो मार।
इश्क़ दी नवियों नवीं बहार।।40।।

❖   ❖   ❖

जिचर[3] ना इश्क़ मजाज़ी[4] लागे, सूई सीवे ना बिन धागे।
इश्क़ मजाज़ी दाता है, जिस पिच्छे मस्त हो जाता है।

इश्क़ जिन्हां दी हड्डीं पैंदा[5], सोई नर जीवत मर जांदा।
इश्क़ पिता ते माता है, जिस पिच्छे मसत हो जाता है ।

आशिक़ दा तन सुकदा[6] जाए, मैं खड़ी चन्द पिर के साए।
वेख मशूकां खिड़ खिड़ हासे, इश्क़ बेताल पढ़ाता है।

जिस ते इश्क़ एह आया है, ओह बेबस कर दिखलाया है।
नशा रोम रोम में आया है, इस विच ना रत्ती ओहला[7] है।

हर तरफ़ दिसेंदा मौला है, बुल्ला आशिक़ वी हुण तरदा है,
जिस फ़िकर पिया दे घर दा है, रब्ब मिलदा वेख उधरदा है।
मन अन्दर होया झाता है, जिस पिच्छे मसत हो जाता है।।41।।

❖   ❖   ❖

---

1. दंडवत प्रणाम 2. झगड़ा 3. जब तक 4. देह का 5. पीछे लगना 6. सूखता 7. ओट, सहारा

जिस तन लगया इश्क़ कमाल[1], नाचे बेसुर ते बेताल।

दरदमन्दां[2] नूं कोई ना छेड़े, आपे आपना दुक्ख सहेड़े,
जंमना ज्यूना[3] मूल हुगेड़े, आपना बूझे आप ख़याल।

जिस ने वेस इश्क़ दा कीता, धुर दरबारों[4] फ़तवा[5] लीता,
जदों हजूरों प्याला पीता, कुझ्झ ना रेहा जवाब सवाल।
जिस तन लगिआ इश्क़ कमाल, नाचे बेसुर ते बेताल।

जिस दे अन्दर वस्या यार, उठ्या यारो यार पुकार,
ना उह चाहे राग ना तार, ऐवें बैठा खेडे हाल।
जिस तन लगिआ इश्क़ कमाल, नाचे बेसुर ते बेताल।

बुल्लया शौह नगर सच्च पाइआ, झूठा रौला[6] सब मुकाया[7],
सच्चयां कारन सच्च सुणाया, पाया उसदा पाक जमाल[8]।
जिस तन लगिआ इश्क़ कमाल, नाचे बेसुर ते बेताल॥42॥

❖   ❖   ❖

हुण[9] मैनूं कौण पछाणे, हुण मैं हो गई नी कुझ होर[10]।
हादी[11] मैनूं सबक पढ़ाइआ, ओथे ग़ैर ना आया जाया,
मतलक ज़ात[12] जमाल विखाया, वहदत[13] पाया शोर।
हुण मैनूं कौण पछाणे, हुण मैं हो गई नी कुझ होर।

अव्वल हो के लामकानी[14], ज़ाहर बातन[15] दिसदा जानी,
रिहा ना मेरा नाम निशानी, मिट गया झगड़ा शोर।
हुण मैनूं कौण पछाणे, हुण मैं हो गई नी कुझ होर।

---

1. पूर्ण 2. वेदना से पूर्ण 3. जन्म और जीवन 4. आदि सत्ता 5. आदेश 6. शोर 7. खत्म हो जाता
8. पवित्र नूर 9. अब 10. और, दूसरी 11. गुरु 12. निर्लिप्त परमात्मा 13. अद्वैत 14. निराकार
15. प्रकट बातें

प्यारा आप जमाल[1] विखाले, मस्त कलन्दर होण मतवाले,
हंसां दे हुण वेख लै चाले, बुल्ला कागां दी भुल गई टोर[2]।
हुण मैनूं कौण पछाणे, हुण मैं हो गई नी कुझ होर ॥43॥

❖ ❖ ❖

जो रंग रंगिया गूढ़ा[3] रंगिआ, मुर्शिद[4] वाली लाली ओ यार।
आहद[5] विच्चों अहमद[6] होया, विचों मीम[7] निकाली ओ यार।
दुरें मआनी दी धूम मची है, नैनां तों घुंड[8] उठाली ओ यार।

'सराह यासीन'[9] मज़मल्ल[10] वाला, बदलां गरज संभाली ओ यार।
जुलफ़ स्याह दे विच यद बेज़ा, दे चमकार विखाली ओ यार।
जो रंग रंगिया गूढ़ा रंगिआ, मुर्शिद वाली लाली ओ यार।

मूतू-कबलंता[11] मूतू होया, मोयां नूं मार जवाली[12] ओ यार।
बुल्ला शौह मेरे घर आया, कर कर नाच वखाली ओ यार ॥44॥

❖ ❖ ❖

कदी[13] आ मिल बिरहों सताई नूं।
इश्क़ लग्गे तां है है[14] कूकें[15], तूं की जाने पीड़ पराई नूं।
कदी आ मिल बिरहों सताई नूं।

जे कोई इश्क़ विहाजया[16] लोड़े, सिर देवे पहले साईं नूं।
कदी आ मिल बिरहों सताई नूं।

---

1. सौंदर्य 2. चाल 3. गाढ़ा, पक्का 4. गुरु 5. परमात्मा 6. गुरु 7. उर्दू वर्णमाला का एक अक्षर, यहाँ माया का प्रतीक है 8. घूँघट 9. कुरान शरीफ़ की एक आयत जो रोज़ी में बरकत के लिए पढ़ी जाती है 10. गुप्त, रहस्य 11. कुरान शरीफ़ की एक आयत मूतू-क़ब्ला-अन-तूमूतू अर्थात तुम मरने से पहले मर जाओ 12. जौ मिला हुआ गेहूँ या जो मिला हुआ भूसा 13. कभी 14. हाय-हाय 15. चिल्लाती हैं 16. खरीदता है

अमलां[1] वालियां लंघ लंघ गइयां, साडियां लज्जां माही नूं।
कदी आ मिल बिरहों सताई नूं।

ग़म दे वहण सितम[2] दियां कांगां, किसे कहर कप्पर[3] विच पाई नूं।
कदी आ मिल बिरहों सताई नूं।

मां प्यों[4] छड सइयां मैं भुल्ली आं, बलेहारी राम दुहाई नूं।
कदी आ मिल बिरहों सताई नूं॥45॥

❖   ❖   ❖

कदी आ मिल यार प्यारया, तेरियां वाटां[5] तों सिर वारयां[6]।
चढ़ बाग़ीं[7] कोयल कूकदी, नित सोज़-अलम[8] दे फूकदी,
मैनूं ततड़ी[9] को शाम[10] विसारिया[11], कदी आ मिल यार प्यारया।

बुल्लाशौह कदी घर आवसी[12], मेरी बलदी[13] भा[14] बुझावसी,
ओह्दी वाटां तों सिर वारया, कदी आ मिल यार प्यारया।
तेरियां वाटां तों सिर वारिया, कदी आ मिल यार प्यारया॥46॥

❖   ❖   ❖

वत्त ना करसां माण[15] रंझेटे[16] यार दा वे अड़या।
इश्क़ अल्ला दी ज़ात लोकां दा मेहणा[17],
केहनूं करां पुकार किसे नहीं रैहणा,
ओसे दी गल्ल[18] ओहो जाणे,
कौण कोई दम[19] मारदा वे अड़या।

---

1. आदत 2. अत्याचार 3. भयानक अँधेरी 4. माता-पिता 5. रास्ते 6. न्यौछावर किया 7. बाग में
8. दुःख-दर्द 9. बेचारी 10. श्याम, कृष्ण 11. विस्मरण कर दिया 12. आएँगे 13. जलती हुई
14. आग 15. मान, सम्मान 16. राँझा 17. शिकायत, उपालंभ 18. बात 19. अहंकार

अज अजोकड़ी[1] रात मेरे घर वस्स खां वे अड़या,
दिल दिआं घुंडियां[2] खोल असां नाल हस्स खां वे अड़या,
दिलबर यार इकरार कीतोई,
की इतबार सोहणे यार दा वे अड़या।

जान करां कुरबान भेत नाहीं दस्सना एं वे अड़या,
ढूंडां कई कई वार मैंत्थों उठ नस्सना एं वे अड़या,
रल मिल सईयां पुच्छदीआं फिरदिआं,
वकत होया भंडार[3] दा वे अड़िया।

हिक करदियां ख़ुदी[4] हंकार ओहनां नूं तारनै एं वे अड़या,
इक पिच्छे फिरन खुआर, सड़ीआं नूं साड़नैं एं वे अड़या।
मैंडे सोहणे यार वे अड़या।
की इतबार तेरे प्यार दा वे अड़या ॥47॥

❖ ❖ ❖

कर कत्तण वल्ल[5] ध्यान कुड़े।
नित मत्तीं[6] देंदी मां धिआ, क्यों फिरनी एं ऐवें आ धिआ[7],
नी शरम हया ना गवा धिआ, तूं कदी तां समझ नदान[8] कुड़े,
कर कत्तण वल्ल ध्यान कुड़े।

नहियों कदर मेहनत दा पाया, जद होया कंम आसान कुड़े,
चरख़ा मुफ़त तेरे हत्थ आया, पलयों[9] नहिंओ कुछ गवाया।
कर कत्तण वल्ल ध्यान कुड़े।

चरख़ा बणया ख़ातर तेरी, खेडण[10] दी कर हिरस[11] थुरेड़ी[12],
होना नहिंयोडोर वडेरी, मत कर कोई अज्ञान कुड़े।
कर कत्तन वल्ल ध्यान कुड़े।

---

1. आज की 2. घूँघट 3. सत्संग 4. अहंकार 5. की ओर, की तरफ़ 6. बुद्धि 7. बेटी 8. नासमझ
9. पल्ले का, अपना 10. खेलने की 11. महत्त्वाकांक्षा, ईर्ष्या 12. कम, थोड़ी

चरखा तेरा रंग रंगीला, रीस[1] करेंदा सभ कबीला,
चलदे चारे कर लै हीला, हो घर दे विच आवादान[2] कुड़े।
कर कत्तन वल्ल ध्यान कुड़े।

इस चरख़े दी कीमत भारी, तूं के जाणे कदर गवारी,
उच्ची नज़र फिरें हंकारी, विच आपणी शान गुमान कुड़े।
कर कत्तन वल्ल ध्यान कुड़े।

मैं कूकां कर खलिआं[3] बाहीं, ना हो ग़ाफ़िल समझ कदाईं[4],
ऐसा चरख़ा घड़ना नाहीं, फेर किसे तरखाण[5] कुड़े।
कर कत्तन वल्ल ध्यान कुड़े।

एह चरखा तूं क्यों गँवाया, क्यों तूं खेह[6] दे विच रुलाया,
जद दा हत्थ तेरे एह आया, तूं कदे ना डाह्या आण कुड़े।
कर कत्तन वल्ल ध्यान कुड़े।

नित्त मतीं दयां वलल्ली[7] नूं, इस भोली कमली झल्ली नूं,
जद पवेगा वख़त इकल्ली नूं, नतद हाय हाय करसी जान कुड़े।
कर कत्तन वल्ल ध्यान कुड़े।

मुद्धों[8] दी तूं रिज़क[9] विहूणी, गोहड़यों[10] ना तूं कत्ती पूणी,
हुण क्यों फिरनी एं निमोझूणी[11], किस दा करें गुमान कुड़े।
कर कत्तन वल्ल ध्यान कुड़े।

ना तकला रास करावें तूं, ना बायड़[12] माल्ह[13] पवावें तूं,
घड़ी मुड़ी क्यों चरख़ा चावें तूं, करनी एं आपणा ज़यान[14] कुड़े।
कर कत्तन वल्ल ध्यान कुड़े।

---

1. क्रोध, नाराज़गी 2. आबाद 3. खोलकर, फैलाकर 4. कभी तो 5. बढ़ई 6. मिट्टी 7. जिसका
कोई ढंग या तरीका न हो 8. मुद्दत से, पहले से 9. रोज़ी 10. एकत्र किया 11. परेशान, शर्मिन्दा
12. चरखे के तख़्तों को जोड़नेवाली रस्सी 13. माल, रस्सी 14. नुक़सान

डिंगा तकला रास करा लै, नाल शताबी बायड़ पवा लै,
ज्युं कर वगे तिवें खगा लै, मत कर कोई अज्ञान कुड़े।
कर कत्तन वल्ल ध्यान कुड़े।

अज्ज घर विच नवीं कपाह कुड़े, तूं झब झब वेलना डाह कुड़े,
रूं वेल पंजावण जाह कुड़े, मुड़ कल् ना तेरा जान कुड़े।
कर कत्तन वल्ल ध्यान कुड़े।

जद रूं पंजा लिआवेंगी, सईयां विच पूणियां[1] पावेंगी,
मुड़ आप ही पई भावेंगी, विच सारे जग्ग जहान कुड़े।
कर कत्तन वल्ल ध्यान कुड़े।

तेरे नाल दियां सभ सईयां ने, कत्त पूणीयां सभना लईआं नी,
तैनूं बैठी नूं पिच्छे पईआं ने, क्यों बैठी हुण हैरान कुड़े।
कर कत्तन वल्ल ध्यान कुड़े।

दीवा आपणे पास जगावीं, कत्त कत्त सूत भड़ोली[2] पावीं,
अक्खीं विच्चों रात लंघावीं, औखी करके जान कुड़े।
कर कत्तन वल्ल ध्यान कुड़े।

राज पेका दिन चार कुड़े, ना खेडो खेड गुज़ार कुड़े,
ना हो वेहली कर कार[3] कुड़े, घर बार ना कर वीरान कुड़े।
कर कत्तन वल्ल ध्यान कुड़े।

तूं सुत्तयां रैण गुज़ार नहीं, मुड़ आणा दूजी वार नहीं,
फिर बेह्ला एस भंडार नहीं, विच इको जेडे हाण कुड़े।
कर कत्तन वल्ल ध्यान कुड़े।

---

1. रुई, पूनी 2. घर में अनाज रखने का मिट्टी का बर्तन 3. कार्य, काम

तूं सदा ना पेके[1] रैह्हा एं, ना पास अम्बड़ी[2] दे बैहणा एं,
भा अंत बिछोड़ा सैह्हा एं, वस्स पएंगी सस्स[3] ननाण[4] कुड़े।
कर कत्तन वल्ल ध्यान कुड़े।

कत्त लै नी कुझ कता लै नी, हुण ताणी तन्द[5] उणा लै नी,
तूं आपणा दाज रंगा लै नी, तूं तद होवें परधान कुड़े।
कर कत्तन वल्ल ध्यान कुड़े।

जद घर बेगाने जावेंगी, मुड़ वत्त ना ओथों आवेंगी,
ओथे जा के पछोतावेंगी, कुझ अगदों[6] कर समयान[7] कुड़े।
कर कत्तन वल्ल ध्यान कुड़े।

अजे ऐडा तेरा कंम कुड़े, क्यों होई एं बे-ग़म कुड़े,
के कर लैणा उस दम कुड़े, जद घर आए मेहमान कुड़े।
कर कत्तन वल्ल ध्यान कुड़े।

जद सभ सईयां[8] टुर[9] जाणगियां, फिर ओथों मूल ना आणगीआं,
आ चरखे मूल ना डाह्हगीआं, तेरा त्रिंञन[10] पया वीरान कुड़े।
कर कत्तन वल्ल ध्यान कुड़े।

कर माण ना हुसन जवानी दा, परदेस ना रैह्ह सीलानी[11] दा,
कोई दुनियां झूठी फ़ानी[12] दा, ना रहसी नाम निशान कुड़े।
कर कत्तन वल्ल ध्यान कुड़े।

इक औखा वेला आवेगा, सभ साक[13] सैण[14] भज जावेगा,
कर मदद पार लंघावेगा, उह बुल्ले दा सुलतान कुड़े।
कर कत्तन वल्ल ध्यान कुड़े ॥48॥

❖ ❖ ❖

---

1. मायका, पीहर 2. माता 3. सास 4. ननद 5. ताँत, धागा 6. आगे का 7. सामान 8. सखियाँ
9. चले जाना 10. महिलाओं का मिलकर सूत कातने का स्थान, सैलानी 11. यात्री 12. नश्वर
13. संबंध, रिश्ता 14. संबंधी, रिश्तेदार

केहे लारे[1] देना एं सानूं, दो घड़ियां मिल जाईं।
नेड़े[2] वस्सें थां ना दस्सें, ढूंडां कित वल जाहीं।

आपे झाती[3] पाई अहमद[4], वेखां तां मुड़ नाहीं।
आख[5] गयों मुड़ आयों नाहीं, सीने दे विच भड़कन भाईं।

इकसे घर विच वसदयां रसदयां, कित वल्ल कूक सुणाईं।
पांधी[6] जामेरा देह सुनेहा, दिल दे ओहले[7] लुकदा केहा।

नाम अल्ला दे न हो वैरी[8], मुक्ख वेखन नूं ना तरसाईं।
बुल्लाशौह की लाया मैनूं, रात अद्धी है तेरी मैहमा[9]।

औझड़[10] बेले सभ कोई डरदा, शौह ढूंडां मैं चाईं[11] चाईं।
केहे लारे देना एं सानूं दो घड़ियां मिल जाईं॥49॥

❖   ❖   ❖

कीहनूं ला-मकानी[12] दसदे हो।
तुसीं हर रंग दे विच वसदे[13] हो।

कुनफ़यीकून[14] तैं आप कहाआ, तैं बाझों होर केहड़ा आया,
इश्कों सभ ज़हूर[15] बणाया, आशिक़ हो के वसदे हो।
कीहनूं ला-मकानी दसदे हो।

पुच्छो आदम किस ने आंदा ए, किथों आया कित्थे जांदा ए,
ओथे किस दा तैनूं लांहजा[16] ए, ओत्थे खा दाणा उठ नसदे हो।
कीहनूं ला-मकानी दसदे हो।

---

1. झूठा, आश्वासन 2. पास में 3. झलक, दिखावा 4. मुर्शिद, गुरु 5. कहकर 6. ओट में 7. यात्री
8. दुश्मन 9. महिमा, यश 10. जंगल 11. चाव 12. निर्लिप्त, बेघर 13. बसते, रहते 14. हो जा
और हो गया 15. प्रकट, दृश्यमान 16. शर्म, लज्जा

आपे सुणें ते आप सुणावें, आपे गावें आप बजावें,
हत्थों कौल सरोद सुणावें, किते जाहल हो के नसदे हो।
कीहनूं ला-मकानी दसदे हो।

तेरी वहदत[1] तूएं पुचावें[2], अनलहक़[3] दी तार मिलावें,
सूली ते मनसूर चढ़ावें, ओथे कोल खलो के हसदे हो।
कीहनूं ला-मकानी दसदे हो।

जिवें सिकन्दर तरफ़ नौशाबां[4], हो रसूल लै आया किताबां,
यूसफ़ हो के अन्दर खुआबां, जुलैखां दा दिल खसदे हो[5]।
कीहनूं ला-मकानी दसदे हो।

किते रूमी हो किते जंगी[6] हो, किते टोपी पोश फ़रंगी[7] हो,
किते मै-ख़ानें[8] विच भंगी हो, किते मेहर महरी[9] बण वसदे हो।
कीहनूं ला-मकानी दसदे हो।

बुल्लाशौह इनाइत आरफ़[10] है, उह दिल मेरे दा वारस[11] है,
मैं लोहा ते उह पारस है, तुसीं ओसे दे संग घसददे[12] हो।
कीहनूं ला-मकानी दसदे हो।
तुसीं हर रंग दे विच वसदे हो ॥50॥

❖ ❖ ❖

की जाणां मैं कोई वे अड़या[13], की जाणां मैं कोई।
जो कोई अन्दर बोले चाले, ज़ात असाडी सोई,
जिस दे नाल मैं नेहों लगाया, ओहो जेही होई।

---

1. अद्वैत, एकता 2. पहुँचता है 3. मैं ही ब्रह्म हूँ 4. सिकंदर मलका नौशाबां को लेने गया था
5. जुलेख़ा यूसुफ़ पर मोहित हो गयी थी 6. हब्शी 7. विदेशी, यूरोपियन 8. मयख़ाना 9. पुरुष-स्त्री
10. ब्रह्मज्ञानी 11. स्वामी, मालिक 12. घिस दे, स्पर्श कर 13. रुका, फँसा

चिट्टी[1] चादर लाह[2] सुट[3] कुड़ीए, पहन फ़कीरां दी लोई[4],
चिट्टी चादर नूं दाग़ लगेगा, लोई नूं दाग़ ना कोई।

अलिफ़[5] पछाता बे[6] पछाती, ते तलावत[7] होई,
सीन पछाता शीन पछाता, सादक[8] साबर[9] होई।

कू कू करदी कुमरी[10] आही, गल विच तौक[11] पयोई,
बस ना करदी कू कू कोलों, कू कू अन्दर मोई[12]।

जो कुझ करसी अल्ल्हा भाणा, क्या कुझ करसी कोई,
जो कुझ लेख मत्थे दा लिख्या, मैं उस ते शाकर[13] होई।

आशिक़ बकरी माशूक कसाई, मैं मैं करदी कोही,
ज्युं ज्युं मैं मैं बहुता करदी, त्युं त्युं मोई मोई।

बुल्ला शौह इनायत[14] करके, शौक[15] शराब दित्तोई[16],
भला होया असीं दूरों छुट्टे, नेड़े आन लधोई[17] ॥51॥

❖   ❖   ❖

की करदा नी की करदा नी,
कोई पुच्छो खां दिलबर की करदा।

इकसे घर विच वसदया रसदयां, नहीं हुन्दा विच परदा।
विच मसीत नमाज़ गुज़ारे, बुत्तख़ाने[18] जा वड़दा।
कोई पुच्छो खां दिलबर की करदा।

---

1. सफ़ेद 2. लाभ 3. छोड़ दे, फेंक दे 4. संतों के ओढ़ने की गर्म चादर 5. उर्दू वर्णमाला का पहला अक्षर, अल्लाह 6. संसार 7. ज्ञान 8. सिदकवाला 9. संतोषी 10. एक पक्षी का नाम 11. क़ैदियों के गले में डाली जानेवाली भारी साँकल 12. मारी गयी 13. शुक्र करनेवाला 14. दया, कृपा, हजरत इनायतशाह 15. आनंद, ख़ुशी 16. दी 17. ढूँढ़ लिया है 18. मंदिर, देवालय

आप इक्को[1] कई लक्ख घरां दे, मालक सभ घर घर दा।
जित वल वेखां उत्त वल ओहो, हर दी संगत करदा।
कोई पुच्छो खां दिलबर की करदा।

मूसा ते फ़रऔन बणा के[2], दो हो के क्यों लड़दा।
हाज़र नाज़र ओही हर थां, चूचक किस नूं खड़दा[3]।
कोई पुच्छो खां दिलबर की करदा।

ऐसी नाज़ुक बात क्यों कैह्हदा, ना कह सकदा ना जरदा।
बुल्ला शौह दा इश्क़ बघेला, रत्त पींदा गोशत चरदा।
कोई पुच्छो खां दिलबर की करदा ॥52॥

❖ ❖ ❖

क्यों ओहले[4] बह बह झाकी[5] दा, एह परदा किस तों राखी दा।
कारन पीत मीत बण आया, मीम[6] दा घूँघट मुक्ख पर पाया,
अहद ते अहमद नाम धराया, सिर छतर झुल्ले लौलाकी[7] दा ।

तुसीं आपे आप ही सारे हो, क्यों कैह्हदे तुसीं न्यारे हो,
आए आपणे आप नज़ारे हो, विच बरज़ख[8] रक्ख्या खाकी दा[9]।

तुझ बाझों दूसरा केहड़ा है, क्यों पाइआ उलटा झेड़ा[10] है,
एह डिठा बड़ा अंधेरा है, हुण आप नूं आपे आखी[11] दा।

किते रूमी[12] हो किते शामी[13] हो, किते साहिब[14] किते गुलामी[15] हो,
तुसीं आपने आप तमामी[16] हो, कहुँ खोटा खरा सौ लाखी[17] दा।

---

1. एक 2. हज़रत मूसा में वही था और उसके विरोधी बादशाह फ़रओन में भी वही था 3. ले जाना 4. ओट में, छिपकर 5. झाँकी, दिखाना, प्रदर्शन 6. उर्दू वर्णमाला का अक्षर, यहाँ माया का प्रतीक 7. लौलाक, खंड-ब्रह्मांड 8. पर्दा 9. मिट्टी का 10. झगड़ा 11. कहना 12. रोम का रहनेवाला 13. स्याम देश का रहनेवाला 14. स्वामी 15. दासत्व, दासता 16. सब कुछ 17. लाख का

जिस तन विच इश्क़ दा सोज़[1] होया, ओह बेख़ुद हो बेहोश होया,
ओह क्योंकर रहे ख़ामोश होया, जिस प्याला पीता साकी दा।

तुसीं आप असां नूं धाए जी, कद रह्हदे छुपे छुपाए जी,
तुसीं शाह 'इनायत' बण आए जी, हुण ला ला नैन झमाकी[2] दा।

बुल्ला शाह तन भा दी भट्टी कर, अग्ग बाल हड्डुं तन माटी कर,
एह शौक मुहब्बत बाकी कर, इह मधुवा[3] इस बिध चाखी दा॥ 53॥

❖   ❖   ❖

माटी कुदम[4] करेंदी यार।
माटी जोड़ा माटी घोड़ा, माटी दा असवार,
माटी माटी नूं दौड़ाए, माटी दा खड़कार[5],
माटी कुदम करेंदी यार।

माटी माटी नूं मारन लग्गी, माटी दे हथ्यार,
जिस माटी पर बहुती माटी, तिस माटी हंकार[6],
माटी कुदम करेंदी यार।

माटी बाग़ बगीचा माटी, माटी दी गुलज़ार[7],
माटी माटी नूं वेखन[8] आई, माटी दी ए बहार।
माटी कुदम करेंदी यार।

हस्स[9] खेड[10] मुड़ माटी होवै, माटी पायों पसार,
बुल्ला एह बुझारत[11] बुझे[12], लाह सिरों भुईं[13] भार,
माटी कुदम करेंदी यार॥ 54॥

❖   ❖   ❖

---

1. दर्द, पीड़ा 2. आँख झपककर 3. मद 4. उछलकूद 5. खटकने की आवाज़ 6. अहंकार
7. रौनक 8. देखने 9. हँस 10. खेल 11. पहेली 12. समझना 13. जमीन

मैं बे-क़ैद मैं बे-क़ैद।
ना रोगी ना वैद।

ना मैं मोमन[1] ना मैं काफ़र[2],
ना सैय्यद[3] ना सैद[4]।

चौंधी तबकीं[5] सीर असाडा,
किते ना हुन्दा क़ैद।

ख़राबात[6] मैं जात[7] असाडी,
ना शोभा ना ऐब।

बुल्लाशौह दी ज़ात की पुछनैं,
ना पैदा ना पैद॥ 55 ॥

❖   ❖   ❖

कत्त कुड़े ना वत्त[8] कुड़े, छल्ली[9] लाह भड़ोले[10] घत्त कुड़े।
जे पूणी पूणी कत्तेंगी, तां नंगी मूल न वत्तेंगी,
सौहरयां दे जे कत्तेंगी, तां काग मारेगा झुट कुड़े।

विच गफ़लत जे तैं दिन जाले[11], कत्त के कुझ ना ल्यु संभाले,
बाझों गुन शौह आपणे नाले, तेरी क्यों कर होसी गत्त[12] कुड़े।

मां प्यो[13] तेरे गंढीं पाइयां, अजे ना तैनूं सुरतां आयां,
दिन थोड़े ते चाह[14] मुकाईयां[15], ना आसें पेके[16] वत्त कुड़े।

____

1. मुसलमान 2. ख़ुदा को न माननेवाला, नास्तिक 3. रसूल अल्लाह की बेटी फ़ातिमा के कुल का व्यक्ति 4. सैयद का अपभ्रंश 5. भुवनों (सात तबक़ आकाश और सात तबक़ ज़मीन अर्थात् चौदह भुवन) 6. असली, ईमानदार 7. वजूद, अस्तित्व 8. फिर, आगे 9. मक्के की बाली, भुट्टा 10. घर अनाज रखने का बड़ा बर्तन 11. व्यतीत किए 12. गति 13. माता-पिता 14. इच्छा, ख़ुशी 15. ख़त्म कर दिए, बिता दिए 16. मायका, पीहर

जे दाज वुहूणी जावेंगी, तां किसे भली ना भावेंगी,
ओथे शौह नूं किवें रिझावेंगी, कुझ लै फकरां दी मत्त कुड़े।

तेरे नाल दिआं दाज रंगाए नी, ओहनां सूहे सालू पाए नी,
तूं पैर उलटे क्यों चाए नी, जा ओथे लग्गी तत्त[1] कुड़े।

बुल्लाशौह घर आपणे आवे, चूड़ा बीड़ा सब सुहावे,
गुण होसी तां गले लावे, नहीं रोसें[2] नैनीं[3] रत्त[4] कुड़े ॥ 56 ॥

❖   ❖   ❖

मैं गल्ल ओथे[5] दी करदा हां,
पर गल्ल करदा वी डरदा हां।
नाल रूहां दे लारा लाया, तुसीं चलो मैं नाले[6] आया,
एथे परदा चा बणाया, मैं भरम भुलाया फिरदा हां।

नाल हाकम दे खेल असाडी, जे मैं मीरी[7] तां मैं फाडी[8],
धरी धराई पूंजी तुहाडी, मैं अगला लेखा भरदा हां।

दे पूंजी मूरख झुंजलाया, मगर चोरां दे पैड़ा लाया,
चोरां दी मैं पैड़ लियाया, हर शब धाड़े धड़दा[9] हां।

ना नाल मेरे उह रजदा ए, ना मिन्नत कीती सज्जदा ए,
जां मुड़ बैठां तां भज्जदा ए, मुड़ मिन्नतज़ारी करदा हां।

की सुख पाया मैं आण इत्थे, ना मंज़ल ना डेरे[10] जित्थे,
घंटा कूच[11] सुणावां कित्थे, नित्त उठ[12] कचावे[13] वी करदा[14] वी हां।

---

1. तपना 2. रोएँगी 3. आँखें 4. रात, रात्रि 5. वहाँ की, उसकी 6. साथ 7. जीत जाऊँ 8. भाव भरा हुआ 9. डाके डालता है 10. रहने का ठिकाना, घर 11. प्रस्थान 12. ऊँट 13. ऊँट की काठी लगाना 14. कसा रहता हूँ

बुल्ले शाह बेअंत डूंघाई, दो जग बीच ना लगदी काई,
उरार पार दी ख़बर ना कोई, मैं बे सिर पैरीं तरदा हां।
मैं गल्ल ओथे दी करदा हां, पर गल्ल करदा वी डरदा हां॥ 57 ॥

❖ ❖ ❖

मैं क्यों कर जावां काअबे[1] नूं, दिल लोचे तख़त हज़ारे[2] नूं।
लोकीं[3] सजदा काअबे नूं करदे, साडा सज्जदा यार प्यारे नूं।

औगुण वेख ना भुल मीआं रांझा, याद करीं एस कारे नूं।
मैं अनतारू तरन ना जाणां, शरम पई तुद्ध तारे नूं।

तेरा सानी[4] कोई नहीं मिलिआ, ढूंड लिआ जग्ग सारे नूं।
बुल्लाशौह दी प्रीत अनोखी, तारे औगुणहारे[5] नूं॥ 58 ॥

❖ ❖ ❖

मैं पुच्छां शौह दियां वाटां[6] नी।
कोई करे असां नाल बातां नी।

भुल्ले रहे नाम ना जपया, ग़फलत[7] अन्दर यार है छपया,
ओह सिध पुरखा[8] तेरे अन्दर धसया, लग्गियां नफ़स दियां चाटां[9] नी।

जप लै ना हो भोली भाली, मत तूं सद्एं मुख मुकाली[10],
उलटी प्रेम नगर दी चाली, भड़कण इश्क़ दिआं लाटां नी।

---

1. काबे, मक्का में मुसलमानों का पूजा स्थल 2. राँझे का गाँव 3. लोग 4. बराबरी का 5. अवगुणों
वाला पापी 6. मार्ग, रास्ता 7. बेपरवाही, अज्ञान 8. सिद्ध या पूर्ण पुरुष 9. लत, नशा 10. निर्लज्ज

भोली ना हो, हो सयाणी, इश्क़ नूर दा भर लै पाणी,
इस दुनियां दी छोड़ कहाणी, इह यार मिलन दियां घातां[1] नी॥

बुल्ला रब्ब बण बैठों आपे, तद दुनिया दे पाए सयापे,
दूती[2] वेहड़े[3] दुश्मन मापे, सब कड़क पईआं अफ़ातां[4] नी॥ 59॥

❖ ❖ ❖

मैनूं छड गए आप लद गए, मैं विच की तकसीर[5]।
रातीं नींद ना दिने भुक्ख, अक्खीं[6] पलट्या नीर।

छवीआं ते तलवारां कोलों, इश्क़ दे तिक्खे तीर।
इश्क जेड[7] ना ज़ालम कोई, इह ज़हमत[8] बेपीर[9]।

इक पल साइत आराम ना आवे, बुरी बिरहों दी पीर।
बुल्ला शौह जे करे इनाइत, दुख होवन तग़ईर[10]।
मैनूं छड्डु गए आप लद गए, मैं विच की तकसीर॥ 60॥

❖ ❖ ❖

मैं विच मैं ना रह गई राई, जब की पिया संग प्रीत लगाई।
जद वसल[11] वसाल[12] बणाएगा, तद गुंगे दा गुड़ खाएगा,
सिर पैर ना आपणा पाएगा, मैं एह होर ना किसे बणाई।

होए नैन नैनां दे बरदे[13], दर्शन सै कोहां तों करदे,
पल पल दौड़न मारे डरदे, तैं कोई लालच घत्त[14] भरमाई।

---

1. अवसर, मौका 2. संदेशवाहक, शत्रु, दलाल 3. आँगन 4. मुसीबतें 5. ग़लती, दोष, जुर्म
6. आँखों में 7. जैसा 8. मुसीबत 9. लाइलाज 10. चला जाए, ख़त्म हो जाए 11. मिलन, संयोग
12. प्रेमी-प्रेमिका संयोग 13. नौकर, सेवक 14. पाकर

हुण असां वहदत[1] विच घर पाया, वासा हैरत[2] दे संग आया,
जीवन जंमण मरन वंजाया, आपणी सुध-बुध रही ना काई।

मैं जाता सी इश्क़ सुखाला, चौंह[3] नदिआं दा वहण[4] उछाला[5],
कदी ते अग्ग भड़के कदी पाला[6], नित बिरहों अग्ग लगाई।

डउं डउं[7] इश्क़ नक्कारे वज्जदे[8], आशिक़ वेख उत्ते वल भजदे,
तड़ तड़ तिड़क गए लड़ लज्जदे, लग गया नेहों तां शरम सिधाई[9]।

प्यारे बस कर बहुती होई, तेरा इश्क़ मेरी दिलजोई[10],
तैं बिन मेरा सका ना कोई, अंमां[11] बाबल[12] भैन[13] ना भाई।

कदी जा असमानी बैह्दे हो, कदी इस जग दा दुःख सैहन्दे हो,
कदी पीरे-मुग़ां[14] बण बह्दे हो, मैं तां इकसे नाच नचाई।

तेरे हिजरे[15] विच मेरा हुजरा[16] ए दुःख डाढा[17] मैं पर गुज़रा ए,
कदे हो मायल[18] मेरा मुजरा[19] ए, मैं तैथों घोल घुमाई।

तुध कारन मैं ऐसा होया, तूं दरवाज़े बन्द कर सोया,
दर दसवें ते आण खलोया, कदे मंन मेरी अशनाई[20]।

बुल्ला शौह मैं तेरे वारे हां, मुक्ख वेखण दे वणजारे हां,
कुझ असीं वी तैनूं प्यारे हां, कि मैं ऐवें घोल घुमाई हां।61॥

❖ ❖ ❖

---

1. अद्वैत, एकता 2. हैरानी 3. चारों 4. बहाना 5. उछलकर 6. शीत 7. डम-डम 8. बजते हैं
9. प्रस्थान कर गयी 10. दिलासा, सांत्वना 11. अम्मा, माँ 12. पिता 13. बहन 14. साक़ी, मदिरालय
का बूढ़ा प्रबंधक 15. वियोग 16. कोठरी, उपासना करने का कमरा 17. गहरा और मजबूत
18. दयालु 19. नाच 20. प्रेम

मैं वैसां[1] जोगी दे नाल, मत्थे तिलक लगा के।
मैं वैसां ना रहसां होड़े, कौण कोई मैं जांदी नूं मोड़े,
मैनूं मुड़ना होया मुहाल[2], सिर ते मेहना चाके[3]।

जोगी नहीं इह दिल दा मीता, भुल्ल गई मैं प्यार क्यों कीता,
मैनूं रही ना कुझ संभाल, उस दे दरशन पाके।

एस जोगी मैनूं कहिआं लाइयां, हैठ कलेजे कुंडिआं पाईआं,
इश्क़ दा पाया जाल, मिट्टी बात सुणा के।

मैं जोगी नूं ख़ूब पछाता[4], लोकां मैनूं कमली[5] जाता,
लुट्टी झंग स्याल, कन्नीं मुन्दरां[6] पा के।

जे जोगी घर आवे मेरे, मुक जावण सब झगड़े झेड़े,
लां सीने दे नाल, लक्ख लक्ख शगन मना के।

माए नी इक्क जोगी आया, दर साडे उस धूंआं[7] पाया,
मंगदा हीर स्याल[8], बैठा भेस वटा के।

ताअने ना दे फुफ्फी ताई, एथे जोगी नूं किसमत लियाई,
हुण होया फ़ज़ल[9] कमाल[10], आया है जोग सिधा के।

माही नहीं कोई नूर इलाही, अनहद दी जिस मुरली वाही,
मुठिओस सू हीर सयाल, डाढे कामन पा के।

लक्खां गए हज़ारां आए, उस दे भेत किसे ना पाए,
गल्लां तां मूसे नाल, पर कोह तूर[11] चढ़ा के।

---

1. होऊँगी 2. कठिन 3. उठाकर 4. पहचान, परिचय 5. पगली, मूर्ख 6. मुद्रिका, कान में पहना जाने वाला आभूषण 7. फ़क़ीरों के हाथ में रहनेवाले पात्र में लोबान आदि डालकर पैदा किया जाने वाला धुआँ 8. माँगनेवाला 9. कृपा, मेहरबानी 10. निपुण, पूर्ण 11. वह पहाड़ जिस पर हजरत मूसा ने ईश्वर का प्रकाश देखा

आबदा रसूल[1] कहाया, विच मअराज[2] बुराक[3] मंगाया,
जबराईल[4] पकड़ लै आया, हूरां[5] मंगल[6] गा के।

एस जोगी दे सुणो अखाड़े, हसन–हुसैन[7] नबी दे प्यारे,
मारओस[8] सू विच जद्दाल[9], पानी बिन तरसा के।

एस जोगी दी सुनो कहाणी, सोहणी डुब्बी डूंघे[10] पाणी,
फिर रलया महीवाल, सारा ऱख़त[11] लुटा के।

डांवां डोली लै चल्ले खेड़े, मुद्ध कदीमीं[12] दुशमन जेहड़े,
रांझा तां होया नाल, सिर ते टमंक[13] धरा कचा के।

जोगी नहीं कोई दूजा साया[14], भर भर प्याला जौक[15] पलाया,
मैं पी पी होई निहाल, अंग भबूत[16] रमा के।

जोगी नाल करेंदे झेड़े, केहे पा बैठे काज़ी घरे,
विच कैदों[17] पाई मुकाल[18], कूड़ा[19] दोष लगा के।

बुल्ला मैं जोगी नाल व्याही, लोकां कमलयां[20] ख़बर ना काई,
मैं जोगी दा माल, पंजे पीर मना के॥ 62॥

❖ ❖ ❖

मन अट्क्यो शाम सुन्दर सों।
कहूं वेखूं बाहमन कहूं शेख़ा[21], आप आप करन सभ लेखा,
क्या क्या खेलया हुणर सौं, मन अट्क्यो शाम सुन्दर सों।

---

1. परमात्मा का संदेशवाहक 2. रूहानी आवरण 3. घोड़ा 4. परमात्मा का संदेश लानेवाला
5. परियाँ 6. मंगल गीत 7. हजरत मुहम्मद के दोहिते 8. उसको मार दिया 9. युद्ध 10. गहरा
11. असबाब, सामान 12. पुराने 13. ढोल 14. प्रेत 15. शौक, प्रेम 16. विभूति, राख 17. हीर के
चाचा का नाम 18. बदनामी 19. झूठ 20. पागलपन 21. शेख, मुसलमान

सूझ पड़ी तब राम दुहाई, हम तुम एक ना दूजा काई,
इस प्रेम नगर के घर सों, मन अट्क्यो शाम सुन्दर सों।

पंडित कौण कित लिख सुणाए, ना कहीं आए ना कहीं जाए,
जैसे गुर[1] का कंगण कर सों, मन अट्क्यो शाम सुन्दर सों।

बुल्ला शौह दी पैरीं[2] पड़ीए, सीस काट कर आगे धरीए।
हुण मैं हर[3] देखा हर हर सों, मन अट्क्यो शाम सुन्दर सों॥ 63॥

❖ ❖ ❖

माए ना मुड़दा[4] इश्क़ दीवाना, शौह नाल प्रीतां ला के।
इश्क़ शरआं[5] दी लग्ग गई बाज़ी, खेडां मैं दाओ लगा के।

मारन बोली ते बोली ना बोलां, सुणां ना कन्न[6] ला के।
वेहड़े विच शैतान नचेंदा, उस नूं रख समझा के।

तोड़ शरआ नूं जित्त लई बाज़ी, फिरदी नक्क वढा के।
मैं वे अंजानी खेड वगुच्चीआं[7], खेडां[8] मैं आके बाके[9]।

एह खेडां हुण लगदिआं झेडां[10], घर पिया दे आ के।
सईआं नाल मैं पावां गिद्धा[11], दिलबर लुक लुक[12] झाके।

पुच्छो नी एह क्यों शरमांदा, जांदा ना भेत[13] बता के।
काफ़र काफ़र आखण मैंनूं, सारे लोक सुणा के।

मोमन काफर मैंनूं दोवें ना दिसदे, वहदत दे विच जा के।
चोली चुंनी ते फुकया झग्गा, धूनी शिरक[14] जला के।

---

1. गुरु 2. पाँव में 3. हर एक 4. मुड़ता है 5. शरीयत 6. कान 7. कंकड़ हाथ में लेकर इनको उछालते हुए लड़कियों द्वारा खेला जानेवाले एक खेल 8. खेलती हूँ 9. खेल का नाम 10. झगड़ा 11. एक पंजाबी नृत्य 12. छिप-छिपकर 13. भेद, रहस्य 14. शिर्क, ईश्वरत्व में ईश्वर के सिवा और को भी सम्मिलित करना, अनेकेश्वरवादी होना

वारया कुफर वड्डा मैं दिल थीं, तली ते सीस टिका के।
मैं वडभागी मारिया खाविन्द, हत्थीं ज़हर पिला के।

वसल करां मैं नाल सज्जन दे, शरम हया गवा के।
विच चमन मैं पलंघ विछाइआ, यार सुत्ती गल ला के।

सिर देही नाल मिल गई सिर देही, बुल्ला शौह नूं पा के।
माए ना मुड़दा इश्क़ दीवाना, शौह नाल प्रीतां ला के॥ 64 ॥

❖ ❖ ❖

मेरे घर आया पिया हमरा।
वाह वाह वाहदत[1] कीना शोर, अनहद बांसरी दी घंघोर[2],
असां हुण पाया तख़त लाहौर[3], मेरे घर आया पिया हमरा।

जल गए मेरे खोट निखोट, लग गई प्रेम सच्चे दी चोट,
हुण सानूं ओस खसम दी ओट, मेरे घर आया पिया हमरा।

हुण क्या कंने साल वसाल, लग गिआ मस्त प्याला हाथ,
हुण मेरी भुल्ल गई ज़ात सफ़ात[4], मेरे घर आया पिया हमरा।

हुण क्या कंने बीस पचास, प्रीतम पाई असां वल झात[5],
हुण सानूं सभ जग्ग दिसदा लाल, मेरे घर आया पिया हमरा।

हुण सानूं आस दी फास, बुल्ला शौह आया हमरे पास,
साईं पुजाई[6] साडी आस, मेरे घर आया पिया हमरा॥ 65 ॥

❖ ❖ ❖

---

1. वहदत, अद्वैत, एक ईश्वर 2. घनघोर 3. लाहौर में स्थित हजरत इनायत शाह का डेरा
4. अस्तित्व के पृथक् गुण 5. दर्शन पाना 6. पूर्ण कर दी

मेरे माही क्युं चिर[1] लाया ए।
कौह बुल्ला हुण प्रेम कहाणी, जिस तन लागे सो तन जाणे,
अन्दर झिड़कां[2] बाहर ताहने[3], नेहों ला एह सुक्ख पाया ए।

नैनां कार[4] रोवन दी पकड़ी, इक मरना दो जग दी फकड़ी[5],
बिरहों जिन्द अवल्ली जकड़ी, नी मैं रो रो हाल वंजाया ए।

बुल्ला शौह घर लपट लगाई, रसते में सभ बण तण जाई,
मैं वेखां आ इनायत साईं, इस मैनूं शौह[6] मिलाया ए॥ 66 ॥

❖   ❖   ❖

मेरी बुक्कल[7] दे विच चोर, नी मेरी बुक्कल दे विच चोर।
कीहनूं कूक सुणावां नी मेरी बुक्कल दे विच चोर।
चोरी चोरी निकल गया जग विच्च पै गया शोर।

मुसलमान सड़ने[8] तों डरदे हिन्दू डरदे गोर[9]।
दोवें एसे दे विच मरदे इहो दोहां दी खोर[10]।

किते रामदास किते फ़तह मुहम्मद इहो कदीमी शोर[11]।
मिट गया दोहां दा झगड़ा निकल पेआ कुझ होर।

अरश मुनव्वर बांगां मिलियां सुणियां तख़त लाहौर।
शाह इनायत कुंडियां पाईयां लुक छुप खिचदा डोर।

जिस ढूंडया तिस ने पाया, ना झुर झुर होया मोर।
पीरां पीर बग़दाद असाडा मुरशद तख़त लाहौर।

---

1. विलंब, देर 2. झिड़कियाँ 3. ताने 4. काम, आदत 5. हँसी 6. पति, स्वामी 7. ठंड में कंबल को शरीर पर लपेटने का ढंग 8. जलने 9. क़ब्र 10. शत्रुता 11. पुराना झगड़ा या विवाद

इहो तुसीं वी आखो सारे आप गुड्डी[1] आप डोर।
मैं दसनां तुसीं पकड़ ल्याओ बुल्ल्हे शाह दा चोर॥ 67॥

❖   ❖   ❖

मुरली बाज उठी अणघातां[2], सुन के भुल्ल गईआं सभ बातां।
लग्ग गए अनहद बान न्यारे, झूठी दुनियां कूड़[3] पसारे,
सांई मुक्ख वेखन वणजारे, मैनूं भुल्ल गईयां सभ बातां।

हुण मैं चंचल मिरग[4] फहाइआ, ओसे मैनूं बन्नह[5] बहाया,
सिरफ़ दुगाना[6] इश्क़ पढ़ाया, रह गइयां त्रै चार रकातां[7]।

बूहे आण खलोता यार, बाबल पुज्ज पेआ तकरार,
कलमे नाल जे रहे वेहार, नबी मुहम्मद भरे सफ़ातां[8]।

बुल्ले शाह मैं हुण बरलाई[9], जद दी मुरली काह्न बजाई,
बावरी हो तुसां वल धाई, खोजीआं कित वल दसत[10] बारतां[11]॥ 68॥

❖   ❖   ❖

न जीवां महाराज, मैं तेरे बिण न जीवां
इहनां सुक्कयां फुल्लां विच बास[12] नहीं,
परदेस गयां दी कोई आस नहीं,
जेहड़े सांई साजन साडे पास नहीं,
ना जीवां महाराज, मैं तेरे बिण ना जीवां।

तूं की सुत्ता[13] एं चादर तान के,
सिर मौत खलोती तेरे आण के,
कोई अमल ना कीता जाण के[14],
ना जीवां महाराज, मैं तेरे बिण ना जीवां।

---

1. पतंग 2. अचानक 3. झूठ 4. मृग 5. वन में 6. शुक्राने की नमाज़ 7. शेष 8. दैवीय गुण
9. व्याकुल हो गयी हूँ 10. हाथ 11. हुक्मनामा जिससे ख़ज़ाने से धन मिल सके 12. सुगंध
13. सोया हुआ है 14. समझकर

की मैं खट्टया[1] तेरी हो के,
दोवें नैन गवाय रो के,
तेरा नाम लइए मुख धो के,
ना जीवां महाराज, मैं तेरे बिण ना जीवां।

बुल्ला शौह बदेसों औंदा,
हत्थ कंगणा ते बाहीं लटकौंदा,
सिर सदका तेरे नाओं[2] दा,
ना जीवां महाराज, मैं तेरे बिण ना जीवां॥ 69 ॥

❖　❖　❖

नी कुटीचल[3] मेरा नां।
मुल्लां मैनूं सबक पढ़ाया, अलफ़ों[4] अग्गे कुझ्झ[5] ना आया,
उस दिआं जुत्तियां[6] खांदी सां, नी कुटीचल मेरा नां।

किवें किवें दो अक्खियां लाइयां, रल[7] के सइआं मारन आइयां,
नाले मारे बाबल मां, नी कुटीचल मेरा नां।

साहवरे[8] सानूं वड़न ना देंदे, नानक[9] दादक[10] घरों कढें दे[11],
मेरा पेके[12] नहीओं थां, नी कुटीचल मेरा नां।

पढ़न सेती सभ मारन आहीं, बिनां पढ़आं हुण छड्डुदा नाहीं,
नी मैं मुड़के कित वल्ल जां, नी कुटीचल मेरा नां।

बुल्ला शौह की लाई मैनूं, मत कुझ लग्गे औह ही तैनूं,
तद करेंगा तूं न्यां[13], नी कुटीचल मेरा नां॥ 70 ॥

❖　❖　❖

---

1. कमाया 2. नाम 3. वह ढीठ छात्र, जो मार खाने के बाद भी पढ़ाई में मन नहीं लगाता
4. अलिफ़, अल्लाह 5. कुछ 6. जूतियाँ 7. मिल-जुलकर 8. ससुराल 9. नाना का 10. दादा का
11. बाहर निकालते हैं 12. पिता का घर, पीहर 13. न्याय

नित्त पढ़ना एं इसतग़फ़्फ़ार[1], कैसी तौबा है एह यार ?
सांवें[2] दे के लवें[3] सवाई, वाध्यां[4] दी तूं बाज़ी लाई,
मुसलमानी इह किथों आई।
नित्त पढ़ना एं इसतग़फ़्फ़ार, कैसी तौबा है एह यार ?

जित्थे[5] ना जाना ओथे जाएं, माल पराया मुँह धर खाएं,
कूड़ किताबां सिर ते चाएं[6], एह तेरा इतबार।
नित्त पढ़ना एं इसतग़फ़्फ़ार, कैसी तौबा है एह यार ?

ज़ालम जुलमों नाहीं डरदे, आपणीं अमलीं आपे मरदे,
मुंहों[7] तौबा दिलों ना करदे, एथे ओथे होण खुआर[8]।
नित्त पढ़ना एं इसतग़फ़्फ़ार, कैसी तौबा है एह यार ?

सौ दिन जीवें इक दिन मरसें, उस दिन ख़ौफ ख़ुदा दा करसें,
इस तौबा थीं तौबा करसें, उह तौबा किस कार।
नित्त पढ़ना एं इसतग़फ़्फ़ार, कैसी तौबा है एह यार ?

बुल्ला शौह दी सुनो हकायत[9], हादी फड़िआ होई हदायत[10],
मेरा साईं शाह अनायत, उहो लंघावे पार।
नित्त पढ़ना एं इसतग़फ़्फ़ार, कैसी तौबा है एह यार ?॥ 71 ॥

❖　❖　❖

पत्तियां लिखूंगी मैं शाम नूं, पिया मैनूं नज़र ना आवे ।
आंगन बना डरौणा[11], कित बिध रैन विहावे।

पांधे[12] पंडत जगत के, मैं पुछ रहीआं सारे।
पोथी बेद क्या दोस है, जो उलटे भाग हमारे।

---

1. अस्तग़फ़ार, अल्लाह से अपने गुनाहों के लिए माफ़ी माँगना, अल्लाह का वादा है कि वह माफ़ी माँगने पर माफ़ कर देगा 2. बराबर 3. लेता है 4. बढ़ाया 5. जिधर 6. उठाता है 7. मुँह से 8. नष्ट 9. कहानी 10. रास्ता दिखना 11. डरावना 12. ज्योतिषि

भइया वे जोतशिया[1], इक सच्ची बात भी कहिओ।
जो मैं हीणी[2] करम दी, तुसीं चुप्प के हो रहिओ।

भज्ज[3] सक्कां ते भज्ज जावां, सब तज के करां फ़कीरी।
पर दुलड़ी तिलड़ी चौलड़ी[4], गल विच प्रेम ज़ंजीरी।

नींद गई किते देस नूं, ओह भी वैरन हमारे।
मत सपने बिच मैं आण मिले, ओह नींदर केहड़ी।

रो रो जीउ वलाउंदिआं[5], गम करनीआं दूणा।
नैनों नीर न चल्लण, किसे क्या कीता टूणा[6]।

इक फिकरां[7] दी गोदड़ी, लग्गे प्रेम दे धागे।
सुक्खिया होवे पै सर्वें[8], कोई दुक्खिया जागे।

दसत फुल्लां दी टोकरी, कोई ल्यो बपारी[9]।
दर दर होका[10] दे रहियां, सब चलणहारी।

प्रेम नगर चल वसिए, जिथे वस्से कंत हमारा।
बुल्लया शौह तों मंगनी[11] हां, जो दए नज़ारा[12] ॥ 72 ॥

❖   ❖   ❖

प्यारे! बिन मसल्हत[13] उठ जाणा।
तूं कदी ते हो सयाणा।
कर लै चावड़[14] चार दिहाड़े, थीसें[15] अंत निमाणा[16]।
जुलम करें ते लोक सतावें, छड्डु दे लोक सताणा।

---

1. ज्योतिषी 2. हीन, भाग्यहीन 3. भाग 4. दो लड़ी, तीन लड़ी और चार लड़ी 5. बुलाती हूँ, तसल्ली देती हूँ 6. जादू-टोना 7. चिंता 8. सोता है 9. व्यापारी 10. घोषणा, आवाज़ 11. संबंध, सगाई 12. दर्शन 13. नेकी, भलाई 14. मनमानी 15. हो जाएगा 16. बेचारा

जिस जिस दा वी माण करें तूं, सो वी साथ ना जाणा।
शहर-खामोशां[1] नूं वेख हमेशां, जिस विच जग समाणा।

भर भर पूर लंघावे डाढा[2], मलकुल-मौत[3] मुहाणा[4]।
ऐथे हैन तनते सभ, मैं अवगुणहार निमाणा।

बुल्ला दुश्मन नाल बरे विच, है दुश्मन बल ढाणा।
महबूब-रबानी[5] करे रसाई[6], ख़ौफ़ जाए मलकाणा[7] ॥73॥

❖ ❖ ❖

प्यारया संभल के नेहों ला, पिच्छों पछतावेंगा।
जांदा जाह न आवीं फेर, ओथे बेपरवाहियां ढेर,
ओथे डहल[8] खलोंदे शेर, तूं वी फंधया[9] जावेंगा।
प्यारया संभल के नेहों ला, पिच्छों पछतावेंगा।

खूह[10] विच यूफ़ पायो ने, फड़ विच बज़ार विकायो ने,
इक्क अट्टी[11] मुल्ल[12] पवायो[13] ने, तूं कौडी मुल्ल पवावेंगा।

नेहुं ला वेख जुलैखा लए, ओथे आशक तड़फण पए,
मजनूं करदा है है है[14], तूं ओथों की लिआवेंगा।
प्यारया संभल के नेहों ला, पिच्छों पछतावेंगा।

ओथे इकना पोसत[15] लुहाइदे, इक आरियां नाल चिराइदे,
इक सूली पकड़ चढ़ाइदे, ओथे तूं वी सीस कटावेंगा[16]।
प्यारया संभल के नेहों ला, पिच्छों पछतावेंगा।

---

1. चुप का शहर, श्मशान 2. गहरा और मजबूत, शक्तिशाली 3. मृत्यु का देवता 4. नाविक
5. ईश्वर का प्रिय (मुर्शिद) 6. पहुँच 7. मलक का 8. खड़े हुए डर जाना 9. बँधा हुआ 10. कुआँ
11. सूत की अट्टी 12. मूल्य 13. पाया 14. हाय-हाय 15. खाल 16. प्रेम में शम्स तबरेज़ की
खाल उतारी गयी, ज़करिया को आरे से चीर डाला और मंसूर को सूली पर चढ़ाया गया

घर कलालां[1] दा तेरे पासे, ओथे आवन मस्त प्यासे,
भर भर पीवण प्याले कासे[2], तूं वी जिअ ललचावेंगा।
प्यारया संभल के नेहों ला, पिच्छों पछतावेंगा।

दिलबर हुण ग्युं कित लौ[3], भलके की जाणां की हो,
मस्तां दे नाल खलो, तूं वी मस्त सदावेंगा।
प्यारया संभल के नेहों ला, पिच्छों पछतावेंगा।

बुल्लया ग़ैर शरा़[4] ना हो, सुक्ख दी नींदर भर के सौं,
मूंहों न अनलहक्क्क[5] बगो़[6], चढ़ सूली ढोले[7] गावेंगा।
प्यारया संभल के नेहों ला, पिच्छों पछतावेंगा॥ 74 ॥

❖　❖　❖

पिया पिया करते हमीं पिया होए,
अब पिया किस नूं कहीए।
हिजर वसल[8] हम दोनों छोड़े, अब किस के हो रहीए।

मजनूं लाल दीवाने वांगूं, अब लैला हो रहीए।
बुल्ला शौह घर मेरे आए, अब क्युं ताअने[9] सहीए॥ 75 ॥

❖　❖　❖

रैण गई लटके सभ तारे, अब तो जाग मुसाफ़र प्यारे।
आवागौण[10] सराई[11] डेरे[12], साथ त्यार मुसाफ़र तेरे,
तैं ना सुनियो कूच[13] नगारे, अब तो जाग मुसाफ़र प्यारे।

---

1. शराब बेचनेवाला 2. काँसे के प्याले या लोटे 3. एक तरफ़ 4. शरीयत 5. मैं ब्रह्म हूँ 6. बोलेगा, नारा लगाएगा 7. प्रेम का गीत 8. वियोग–संयोग 9. ताने 10. आवागमन 11. सराय 12. घर, ठिकाना 13. प्रस्थान

कर लै अज्ज करनी दी बेला, बहुड़[1] ना होसी आवन तेरा,
साथी चलो चल पुकारे, अब तो जाग मुसाफ़र प्यारे।

क्या सरधन[2] क्या निरधन पौड़े[3], आपने अपणे देश को दौड़े,
लाहा[4] नाम लै ल्यो सभारे, अब तो जाग मुसाफ़र प्यारे।

मोती चूनी पारस पासे, पास समुन्दर मरो प्यासे,
खोल्ह अक्खीं[5] उट्ठ बहु भिकारे, अब तो जाग मुसाफ़र प्यारे।

बुल्लहआ शौह दी पैरीं[6] पड़ीए, ग़फ़लत[7] छोड़ कुझ हीला करीए,
मिरग जतन बिन खेत उजाड़े,
रैण गई लटके सभ तारे, अब तो जाग मुसाफ़र प्यारे॥ 76॥

❖   ❖   ❖

रांझा जोगीड़ा बण आया, वाह सांगी[8] सांग[9] रचाया।
एस जोगी दे नैन कटोरे, बाज़ां[10] वांगूं[11] लैंदे डोरे[12],
मुक्ख डिट्ठियां[13] दुक्ख जावन झोरे, इन्हां अक्खियां लाल लखाया।
एस जोगी दी की[14] निशानी, कंन विच मुन्दरां[15] गल विच गानी[16],
सूरत इस दी यूसफ़ सानी, एस अलफ़ों अहद[17] बणाया।
रांझा जोगी ते मैं जुगयाणी[18], इस दी खातर भरसां[19] पाणी,
एवें पिछली उमर विहाणी[20], एस हुण मैनूं भरमाया।
बुल्ला शौह दी हुण गत पाई, प्रीत पुरानी शोर मचाई,
एह गल्ल कीकूं[21] छुपे छुपाई, नी तख़त हज़ारे नूं धाया।
रांझा जोगीड़ा बण आया, वाह सांगी सांग रचाया॥ 77॥

❖   ❖   ❖

---

1. वापस 2. धनवान 3. कदम 4. लाभ, फ़ायदा 5. आँखें 6. पैरों में 7. लापरवाही 8. स्वांग
करनेवाला 9. स्वांग, नाटक 10. बाज 11. के समान 12. चक्कर 13. देखने से 14. क्या
15. मुद्रिका, सूफ़ियों द्वारा कानों में पहना जानेवाला आभूषण 16. माला 17. परमात्मा, एक ईश्वर
18. जोगन 19. भरूँगी 20. बीत गयी 21. किस तरह

सब इक्को रंग कपाहीं[1] दा।
ताणी ताणा[2] पेटा नलियां[3], पीठ नड़ा ते छब्बां छल्लियां[4],
आपो आपणे नाम जतावण, वक्खो वक्खी जाहीं दा।

चौंसी पैंसी खद्दर धोतर, मलमल[5] ख़ाशा इक्का[6] सूत्तर[7],
पूणी विच्चों बाहर आवे, भगवा भेस गोसाईं दा।

कुड़िआं हत्थीं छापां छल्ले, आपो आपणे नाम सवल्ले,
सभ्भा हिक्का चांदी आखो, कंगन चूड़ा बाहीं[8] दा।

भेडां बक्करियां चारन वाला, उठ मझ्झियां दा करे संभाला,
रूड़ी उत्ते गद्दों[9] चारे, ओह भी वागी गांई दा।

बुल्ला शौह दी ज़ात की पुछनैं, शाकर[10] हो रज़ाई[11] दा,
जे तूं लोड़ें[12] बाग़ बहारां, चाकर रहु अराइयां[13] दा॥ 78॥

साडे वल्ल मुक्खड़ा मोड़ वे प्यारिया,
साडे वल्ल मुक्खड़ा मोड़।

आपे पाईयां कुंडियां[14] तैं, ते आपे खिचदा हैं डोर।
साडे वल्ल मुक्खड़ा मोड़।

अरश[15] कुरसी ते बांगां मिलियां, मक्के पै गया शोर।
साडे वल्ल मुक्खड़ा मोड़।

---

1. कपास 2. कपड़ा बुनने के लिए आड़े और सीधे रखे गए धागे 3. कपड़े बुनने के लिए प्रयुक्त उपकरण 4. चाँदी की अँगूठी 5. कपड़े की क़िस्में 6. एक 7. सूत 8. बाँह का 9. गधों 10. शुक्र करनेवाला, कृतज्ञ 11. रज़ा, सहमति 12. लूटना 13. अराई, माली 14. दरवाज़ा बंद करने के लिए लगाया गया साँकल वाला उपकरण 15. आसमान

डोली पा के लै चल्ले खेड़े, ना कुझ उज़र[1] ना ज़ोर।
साडे वल्ल मुक्खड़ा मोड़।

जे माए तैनूं खेड़े प्यारे, डोली पा देवीं होर।
साडे वल्ल मुक्खड़ा मोड़।

बुल्ला शौह असां[2] मरना नाहीं,
वे मर गया कोई होर।
साडे वल्ल मुक्खड़ा मोड़॥ 79॥

❖ ❖ ❖

साईं छप तमाशे नूं आया, तुसीं रल मिल नाम ध्याओ।
लटक सजन दी नाहीं छपदी, सारी ख़लकत[3] सिकदी तपदी[4],
तुसीं दूर ना ढूंडण जाओ, तुसीं रल मिल[5] नाम ध्याओ।
रल मिल सईओ आतण[6] पायो, इक बन्ने विच जा समाओ,
नाले गीत सज्जण दा गाओ, तुसीं रल मिल नाम ध्याओ।
बुल्ला बात अनोखी एहा, नच्चण[7] लग्गी तां घुंघट केहा[8],
तुसीं परदा अक्खीं थीं लाहो, तुसीं रल मिल नाम ध्याओ॥ 80॥

❖ ❖ ❖

सानूं आ मिल यार प्यारया।
दूर दूर असाथों[9] गयों, असलाते आ के बह रहयों,
की कसर[10] कसूर[11] विसारिआ, सानूं आ मिल यार प्यारया।

मेरा इक अनोखा यार है, मेरा ओसे नाल प्यार है,
कदे समझें वड परवारया[12], सानूं आ मिल यार प्यारया।

---

1. आपत्ति 2. ऐसे 3. संसार 4. तप रही है 5. मिल–जुल कर 6. सूर्यास्त के समय 7. नाचने
8. कैसा 9. हम से 10. कमी 11. अपराध 12. बड़े परिवार वाला

जदों आपणी आपणी पै गई, धी[1] मां नूं लुट्ट के लै गई,
मूंह बाहरवीं सदी पसारया, सानूं आ मिल यार प्यारया।

दर[2] खुल्ल्हा हशर[3] अज़ाब[4] दा, बुरा हाल होया पंजाब दा,
डर हावीए दोज़ख[5] मारिया, सानूं आ मिल यार प्यारया।

बुल्ला शौह मेरे घर आवसी, मेरी बलदी भा[6] बुझावसी,
इनायत दमदम[7] नाल चितारिआ, सानूं आ मिल यार प्यारया॥ 81॥

❖ ❖ ❖

से वणजारे[8] आए नी माए, से वणजारे आए।
लालां[9] दा ओह वणज[10] करेंदे, होका[11] आख सुणाए।

लाल ने गहने सोने साथी, माए नाल लै जावां,
सुण्या होका मैं दिल गुज़री, मैं भी लाल ल्यावां,

इक ना इक कन्नां विच पा के, लोकां नूं दिखलावां,
लोक जानन इह लालां वाले, लईयां मैं भरमाए।

ओड़क[12] जा खलोती ओहनां ते, मैं मनों सधराइयां[13],
भाई वे लालां वालिओ मैं वी लाल लेवन नूं आइयां।

ओ हनां भरे सन्दूक विखाले, मैनूं रीझां आइयां,
वेखे लाल सुहाने सारे, इक तों इक सवाए।

---

1. बेटी 2. द्वार 3. क़यामत का दिन 4. दुःख 5. नरक 6. आग 7. पल–पल 8. व्यापारी
9. बहुमूल्य पत्थर 10. व्यापार 11. घोषणा 12. अंततः, आख़िरकार 13. गयी

भाई वे लालां वालया वीरा इन्हां दा मुल दसाई,
जे तूं आई हैं लाल ख़रीदण, धड़ तों सीस लुहाई।

डम्म[1] कदी सूई दा ना सहआ, सिर किथों[2] दिता जाई,
नदामी[3] हो के मुड़ घर आई, पुच्छन गवांढी[4] आए।

तूं जो गई सैं लाल ख़रीदन, उच्ची अड्डी[5] चाई नी,
केहड़ी मुहरां[6] ओथों रन्ने[7], तूं लै के घर आई नी।

लाल सी भारे मैं सां हलकी, खाली कंनी साई नी,
भारा लाल अनमुल्ला ओथों, मैथों चुकया ना जाए।

कच्ची कच्च वेहाजन जाणां, लाल विहाजन[8] चल्ली,
पल्ले खरच ना साख ना काई, हत्थों हारन चल्ली।

मैं मोटी मुसटंडी दिस्सां, लाल नूं चारन चल्ली,
जिस शाह ने मुल्ल लै के देणा, सो शाह मुँह ना लाय।

गलियां दे विच फिरें दीवानी, नी कुड़ीए मुट्यारे,
लाल चुगेंदी नाज़क होई, इह गल्ल कौन नितारे।

जा मैं मुल ओन्हां नूं पुच्छ्या, मुल्ल करन उह भारे,
डम्म सूई दा कदे ना खाधा, उह आखन सिर वारे।

जेहड़ियां गइयां लाल वेहाजन, ओहनां सीस लुहाए[9]।
से वणजारे आए नी माए, से वणजारे आए॥ 82॥

❖   ❖   ❖

---

1. चुभन 2. कैसे, किस तरह 3. शर्मिन्दा होकर 4. पड़ोसी 5. ऊँची एड़ी, गर्वपूर्वक 6. अशर्फी
7. स्त्रियाँ 8. खरीदना, मुँह न लाय (मुहावरा) अप्रसन्न था 9. उतरवाए

सुनो तुम इश्क़ की बाज़ी, मलायक[1] है कहां राज़ी,
यहां बिरहों पर होगा जी, वेखां फिर कौन हारेगा।

साजन की भाल[2] हुण होई, मैं लहू नैन भर रोई,
नच्चे हम लाह कर लोई, हैरत[3] के पत्थर मारेगा।

महूरत पूछ कर जाऊं, साजन को देखने पाऊं,
उसे मैं ले गले लाऊं, नहीं फिर खुद गुज़ारेगा।

इश्क़ की तेग़[4] से मूई[5], नहीं वोह ज़ात की दूई,
और पिया पिया कर मूई, मोयां विच रूह चितारेगा[6]।

साजन की भाल सर दिआ, लहू मध अपना पिया,
क़फ़न बाहों से सी लिया, लहद[7] में पा[8] उतारेगा।

बुल्ला शौह इश्क़ है तेरा, उसी ने जी लिया मेरा,
मेरे घर बार कर फेरा, वेखां[9] सिर कौन वारेगा ॥83॥

❖ ❖ ❖

तूं किधरों आया किधर जाणा, आपणा दस्स[10] टिकाना[11]।
जिस ठाने[12] दा तूं मान करें, तेरे नाल ना जासी ठाना।

ज़ुलम करें ते लोक सतावें, कसब[13] फड़यु लुट्ट खाना।
महबूब सुबहानी[14] करे आसानी, खौफ़[15] जाए मलकाना।

---

1. फ़रिश्ते, देवगण 2. खोज, तलाश 3. आश्चर्य 4. तलवार, कृपाण 5. मर गयी 6. याद करेगा
7. क़ब्र 8. पैर 9. देखते हैं 10. कहो, बताओ 11. ठिकाना 12. स्थान, घर 13. धंधा, व्यवसाय
14. ईश्वरीय, अलौकिक 15. भय

शहर खमोशां[1] दे चल वस्सीए, जित्थे मुलक समाना।
भर भर पूर लंघावे डाढा[2], मलक-उल-मौत[3] मुहाना।

करे चावड़ चार देहाड़े[4], ओड़क[5] तूं उड्ड जाना।
इन्हां सभनां थीं ए बुल्ला, औगुणहार पुराना॥ 84॥

❖ ❖ ❖

तूहियौ मैं नाहीं वे सज्जणा, तूं नहीउं मैं नाहीं।
खूहें[6] दे परछवें वांगूं, घुम[7] रेहा मन माहीं।

जां बोलां तूं नाले बोलें चुप्प रह्वां मन माहीं।
जां सौंवां ते नाले सौंवें जां तुरां[8] ते राहीं।

बुल्ला शौह घर आया मेरे, जिन्दड़ी घोल घुमाई।
तूहियौ मैं नाहीं वे सज्जणा, तूं नहीउं मैं नाहीं॥85॥

❖ ❖ ❖

उठ जाग घुराड़े[9] मार नहीं, एह सौण[10] तेरे दरकार नहीं।
इक रोज़ जहानों[11] जाणा ए, जा कबरे[12] विच समाणा ए,
तेरा गोशत कीड़यां[13] खाणा ए कर चेता मरग[14] विसार नहीं।

तेरा साहा[15] नेड़े आया ए कुझ चोली दाज रंगाइआ ए,
क्यों आपणा आप वंजाया[16] ए, ऐ ग़ाफ़ल[17] तैनूं सार नहीं।

---

1. श्मशान 2. गहरा और मजबूत 3. मृत्यु का देवता 4. दिन 5. अंततः 6. कुएँ 7. समाया हुआ
8. चलता हूँ 9. खर्राटे 10. शयन, सोना 11. दुनिया 12. क़ब्र 13. चींटियाँ 14. मृत्यु 15. सावा,
विवाह का समय 16. नष्ट किया, गँवाया 17. लापरवाह

तूं सुत्त्यां[1] उमर वंजाई ए, तूं चरखे तन्द[2] ना पाई ए,
की करसैं दाज त्यार नहीं, उट्ठ जाग घुराड़े मार नहीं।

तूं जिस दिन जोबन मत्ती सैं, तूं नाल सईआं दे रत्ती[3] सैं,
हो ग़ाफ़िल गल्लीं वत्ती[4] सैं, इह भोरा तैनूं सार नहीं।

तूं मुढ्ढों[5] बहुत कुचज्जी[6] सैं, निरलज्ज्यां दी निरलज्जी सैं,
तूं खा खा खाने रज्जी[7] सैं, हुण ताईं तेरा बार नहीं।

अज कल तेरा मुकलावा[8] ए, क्युं सुत्ती कर कर दावा ए?
अणडिट्ठ्यां नाल मिलावा ए, एह भलके गरम बज़ार नहीं।

तूं एस जहानों जाएंगी, फिर कदम ना एथे पाएंगी,
अह जोबन रूप वंजाएंगी, तैं रहना विच संसार नहीं।

मंज़िल तेरी दूर दुराडी[9], तूं पौणां[10] विच जंगल वादी[11],
औखा[12] पहुंचण पैर प्यादी[13], दिसदी तूं असवार[14] नहीं।

इक इकल्ली तनहा चलसें, जंगल बरबर दे विच रुलसें[15],
लै लै तोशा[16] इथों घलसें, ओथे लैन उधार नहीं।

ओह खाली ए सुंञी हवेली, तूं विच रहसें इक इकेली,
ओथे होसी होर ना बेली, साथ किसे दा बार नहीं।

जेहड़े सन देसां दे राजे, नाल जिन्हां दे वजदे वाजे,
गए हो के बेतख़ते ताजे, कोई दुनियां दा इतबार नहीं।

---

1. सोते हुए 2. तांत, धागा 3. रंगी हुई 4. व्यस्त 5. मुद्दत से, आरंभ से ही 6. बेढंगी, मूर्ख
7. संतुष्ट, 8. विदाई 9. दूर-दराज़ 10. पाएँगी 11. घाटी 12. कठिन 13. पैदल 14. सवारी
15. भटकेगी 16. सफ़र में काम आने वाली खाद्य सामग्री

कित्थे है सुलतान सिकन्दर, मौत न छड्डे पीर पैगम्बर,
सभ्भे छड्डु गए अडम्बर, कोई एथे पायदार[1] नहीं।

कित्थे यूसुफ माहि-कनयानी[2], गई जुलैखा फेर जवानी,
कीती मौत ने ओड़क फ़ानी[3], फेर ओह हार शिंगार नहीं।

कित्थे तख़त सुलेमान वाला, विच हवा उडदा सी बाला[4],
ओह भी क़ादर आप संभाला, कोई ज़िन्दगी दा इतबार नहीं।

कित्थे मीर मलक सुलतानां, सभ्भे छड्डु छड्डु गए टिकाणा,
कोई मार न बैठे ठाणा, लशकर दा जिन्हां शुमार नहीं।

फुल्लां फुल्ल चम्बेली लाला, सोसन सिम्बल सरू निराला,
बादे-खिज़ां[5] कीता बुर हाला, नरगस नित ख़ुमार नहीं।

जो कुझ करसें, सो कुझ पासैं, नहीं ते ओड़क पछोता सैं,
सुंञी कूंज वांग कुरलासैं, खंभां[6] बाझ उडार[7] नहीं।

डेरा करसें उहनीं जाई, जित्थे सेर पलंग बलाई,
खाली रहसण महल सराई, फिर तूं विरसेदार[8] नहीं।

असीं आज़ज़ विच कोट इल्म दे, ओसे आंदे विच कलम दे,
बिन कलमे दे नाहीं कंम दे, बाझों कलमे पार नहीं।

बुल्ला शौह बिन कोई नाहीं, एथों ओथे दोहीं सराई,
संभल संभल के कदम टिकाई, फेर आवन दूजी वार नहीं॥ 86॥

❖   ❖   ❖

---

1. स्थायी 2. मिस्र के एक क्षेत्र का नाम 3. नश्वर 4. ऊपर आकाश में 5. पतझड़ की हवा
6. पंख 7. उड़ान 8. मालिक, स्वामी

रोज़े हज्ज निमाज़ नी माए, मैनूं पिया ने आण भुलाए।
जद पिया दिआं ख़बरां पाईयां, मंतक[1] नहिव सब्भे भुल्ल गईआं,
उस अनहद तार वजाए, रोज़े हज्ज निमाज़ नी माए।

जां पिया मेरे घर आया, भुल्ल गया मैनूं शराअ वकाया,
हर मज़हर[2] विच ऊहा दिसदा, अन्दर बाहर जलवा[3] जिसदा[4],
लोकां खबर ना काए, रोज़े हज्ज निमाज़ नी माए॥ 87 ॥

❖ ❖ ❖

तेरे इश्क नचाइया कर थइआ थइआ।
तेरे इश्क़ ने डेरा मेरे अंदर कीता,
भर के ज़हर प्याला मैं आपे पीता,
जब दे बहुड़ी[5] वे तबीबा[6] नहीं ते मैं मर गइआं[7]।

तेरे इश्क नचाइया कर थइआ थइआ।
छुप गया वे रह अगई आ लाली।
मैं वे सदके होवां देवें मुड़ जे वखाली[8]।
पीरा मैं भुल गईआं
तेरे इश्क नचाइया कर थइआ थइआ।

ऐसे इश्क़ दे कोलों[9] मैंनूं हटक[10] न माए।
लाहू जांदड़े[11] बेड़े केहड़ा मोड़ लिआवे,
मेरी अकल जो भुल्ली नाल मुहाणयां[12] दे गइआं।
तेरे इश्क नचाइया कर थइआ थइआ।

---

1. मंत्र आदि 2. दृश्यमान, नज़ारा 3. तेज़ प्रकाश 4. जिसका 5. वापस आयी 6. वैद्य 7. मर गयी
8. दर्शन 9. के पास 10. रोक 11. तेज़ चले जाते 12. नाविक

ऐसे इश्क़ दी झंगी[1] विच मोर बुलेंदा।
सानूं किबला ते काअबा[2] सोहणा यार दखेंदा।
सानूं घायल करके फिर खबर न लइआ।
तेरे इश्क नचाइया कर थइआ थइआ।

बुल्ला शौह ने आंदा मैंनू इनआइत दे बूहे[3],
जिस ने मैंनूं पवाए चोले सोवें[4] ते सूहे[5],
जां मैं मारी है अड्डी[6] मिल पया है वहीआ।
तेरे इश्क नचाइया कर थइआ थइआ॥ 88 ॥

❖ ❖ ❖

रातीं जागें करें इबादत।
रातीं जागण कुत्ते, तैथों[7] उत्ते[8]।
भौंकणों बंद मूल ना हुन्दे
जा रूड़ी[9] ते सुत्ते, तैथों उत्ते।
खसम[10] आपणे दा दर ना छड्डुदे
भावें वज्जण जुत्ते, तैथों उत्ते।
बुल्ले शौह कोई वसत[11] विहाज[12] लै
नहीं ते बाज़ी लै गए कुत्ते, तैथों उत्ते॥ 89 ॥

❖ ❖ ❖

---

1. वाटिका 2. काबा 3. दरवाज़ा 4. हरा 5. पीला 6. एड़ी 7. तुमसे 8. बढ़कर 9. कचरे का ढेर
10. पति, मालिक 11. वस्तु 12. खरीदना

दोहे*

उस दा मुख इक जोत है, घुंघट है संसार।
घुंघट में ओह छुप्प गया, मुख पर आंचल डार॥

उन को मुख दिखलाए हैं, जिन से उस की प्रीत।
उनको ही मिलता है वोह, जो उस के हैं मीत॥

बुल्लया औंदा[1] साजन वेख के, जांदा[2] मूल ना वेख।
मारे दरद फ़राक़[3] दे, बण बैठे बाहमण शेख॥

इकना आस मुड़न दी आहे, इक सीख कबाब चढ़ाइयां।
बुल्ले शाह की वस्स[4] ओनां, जो मार तकदीर फसाइयां॥

बुल्लया कसूर बेदस्तूर, ओथे[5] जाणा बणया ज़रूर।
ना कोई पुन दान है, ना कोई लाग दस्तूर[6]॥

होर ने सब गल्लड़ियां[7], अल्लाह अल्लाह दी गल्ल।
कुझ रौला[8] पाया आलमां[9], कुझ काग़ज़ां पाया झल्ल[10]॥

मुँह दिखलावे और छुपे छल-बल है जगदीस।
पास रहे हर न मिले इस को बिसवे बीस॥

---

* 'दोहा' मध्यकाल का सबसे अधिक लोकप्रिय छंद है। भारतीय संत-भक्तों की तरह सूफ़ियों ने भी इसका इस्तेमाल किया। बुल्ले शाह के दोहे गूढ़ आध्यात्मिक अनुभव समेटे हुए हैं।
1. आते हुए 2. जाते हुए 3. फ़िराक़, वियोग 4. वश 5. वहाँ 6. प्रथा, क़ायदा 7. बातें 8. शोर-शराबा 9. ज्ञान, विद्वता 10. संशय, खीझ

बुल्लया मैं मिट्टी घुमयार[1] दी, गल्ल आख न सकदी एक।
तत्तड़[2] मेरा क्यों घड़या, मत जाए अलेक-सलेक[3]॥

बुल्लया अच्छे दिन तो पिच्छे गए, जब हर से किया न हेत।
अब पछतावा क्या करे, जब चिड़ियाँ चुग गई खेत॥

बुल्ला कसर नाम कसूर है, ओथे मूँहों ना सकण बोल।
ओथे सच्चे गरदन-मारीए[4], ओथे झूठे करन कलोल[5]॥

ना खुदा मसीते लभदा[6], ना खुदा विच काबे[7]।
ना खुदा कुरान किताबां, ना खुदा निमाज़े[8]॥

बुल्लया काज़ी राज़ी[9] रिश्वते, मुल्लां राज़ी मौत।
आशिक़ राज़ी राम ते, न परतीत[10] घट होत॥

बुल्ले नूँ लोक मत्तीं[11] देंदे, बुल्लया तू जा बसो विच मसीती।
विच मसीतां की[12] कुझ[13] हुंदा, जे दिलों नमाज़ ना कीती॥

आई रुत्त शगूफ़यां[14] वाली, चिड़ियाँ चुगण आइयां।
इकना नूं जुरयां[15] फड़ खाधा, इकना फाहीआं[16] लाइयां॥

ठाकुर-द्वारे ठग्ग बसें, भाईद्वार मसीत[17]।
हरि के द्वारे भिक्ख[18] बसें, हमरी एह परतीत॥

बुल्लया जे तूं ग़ाज़ी[19] बनना ए, लक्क बन्ह तलवार।
पहलों रंघड़[20] मार के, पिच्छों[21] काफ़र मार॥

---

1. कुम्हार 2. तत्त्व 3. जान-पहचान 4. गरदन उड़ा देंगे 5. आनंद, क्रीड़ा 6. प्राप्त होता है
7. काबे में 8. नमाज़ में 9. प्रसन्न 10. विश्वास 11. बुद्धि 12.क्या 13. कुछ 14. आनंद की
15. बाज 16. फाँसी 17. मस्जिद 18. भिखारी 19. धर्म योद्धा 20. घमंडी, अकड़बाज़ 21. पीछे से

बुल्लया कनक कौड़ी कामिनी, तीनों की तलवार।
आए थे नाम जपन को, और विच्चे लीते मार॥

बुल्लया हरि मंदर में आए के, कहो लेखा दियो बता।
पढ़े पंडित पांधे[1] दूर कीए, अहमक[2] लिए बुला॥

बुल्ले शाह ओह कौण है, उत्तम तेरा यार।
ओस के हथ्थ[3] कुरान है, ओसे गल्ल जुनार[4]॥

बुल्लया जैसी सूरत ऐन[5] दी, तैसी ग़ैन[6] पछान।
इक नुकते दा फेर है, भुल्ला फिरे जहान॥

भट्टु[7] नमाजां ते चिक्कड़[8] रोज़े, कलमे ते फिर गई स्याही।
बुल्ले शाह शौह अंदरों मिलया, भुल्ली[9] फिरे लोकाई॥

बुल्लया सभ मजाज़ी[10] पौड़ियां[11], तूं हाल हकीकत वेख।
जो कोई ओथे पहुंचया, चाहे भुल्ल जाए सलाम अलेक॥

---

1. ज्योतिषी 2. मूर्ख 3. हाथ 4. जनेऊ, यज्ञोपवीत 5. बिल्कुल ठीक 6. बेवकूफ़, नशेड़ी 7. तंदूर
8. कीचड़ 9. भूलकर 10. देह की 11. सीढ़ियाँ चढ़ गए या उतर गए

अठवारा *

छनिछरवार[1] उतावले[2], वेख सज्जन दी सो[3]।

असां मुड़ घर फेर ना आवणा, जो होयी होग सो हो।

वाह वाह छनिछरवार वहेले[4], दुःख सज्जन दे मैं वल पेले[5],

ढूंडां औझड़[6] जंगल बेले[7], ओहड़ा रैन कवल्लड़े वेले,

बिरहों घेरियां।

घड़ी तांघ[8] तुसाडियां तांघां, रातीं सुत्तड़े शेर उलांघां,

उच्ची चढ़ के कूकां चांघां[9], सीने अन्दर रड़कन[10] सांगां[11],

प्यारे तेरियां॥ 1 ॥

ऐतवार सुनेत है, जो जो कदम धरे।

ओह वी आशिक़ ना कहो, सिर देंदा उज़र[12] करे।

ऐत ऐतवार भायत, विच्चों जाय हिजर[13] दी सायत[14],

मेरे दुक्ख दी सुनो हकायत[15], आ इनायत करे हदायत,

तां मैं तारियां।

तेरी यारी जही ना यारी, तेरे पकड़ विछोड़े मारी,

इश्क़ तुसाडा कयामत सारी, तां मैं होईआं वेदन भारी,

कर कुझ कारियां[16] ॥ 2 ॥

---

* 'अठवारा' भी सूफ़ियों द्वारा प्रयुक्त काव्य रूप है, जिसमें सप्ताह के दिनों के आधार पर प्रेम और विरह का वर्णन किया जाता है।

1. शनिवार 2. व्याकुल 3. समाचार, संदेश 4. विषभरे 5. भेजे 6. जंगल 7. निर्जन स्थान 8. प्रतीक्षा
9. चीखती है 10. चुभती है 11. बरछी 12. आपत्ति 13. बिछोह 14. घड़ी 15. कहानी 16. कार्य

बुल्ला रोज़ सोमवार दे, क्या चल चल करे पुकार।

अग्गे लक्ख करोड़ सहेलियां, मैं किस दी पाणीहार[1]।

मैं दुख्यारी दुःख सवार, रोना अक्खियां दा रुज़गार[2],

मेरी ख़बर ना लैंदा यार, हुण मैं जातां मुरदे मार,

मोयां नूं मारदा।

मेरी ओसे[3] नाल लड़ाई, जिस ने मैनूं बरछी लाई,

सीने अन्दर भाह[4] भड़काई, कट्ट कट्ट खाय बिरहों[5] कसाई,

पछायां[6] यार दा॥ 3॥

मंगल मैं गल पानी आ गया, लबां ते आवणहार।

मैं घुम्मन[7] घेरां घेरियां, उह वेखे[8] खला[9] किनार[10]।

मंगल बन्दीवान[11] दिलां दे, छट्टे शौह दर्यावां पांदे,

कपड़[12] कड़क दुपहरीं खांदे, वल वल ग़ोतयां[13] दे मुंह आंदे,

मारे यार दे।

कंढे वेखे खला तमाशा, साडी मरग[14] ओह्हा दा हासा[15],

दिल मेरे विच्च आया सू आसा, वेखां देसी कदों[16] दिलासा,

नाल प्यार दे॥ 4॥

बुद्ध सुध रही महबूब दी, सुध आपणी रही ना होर[17]।

मैं बलेहारी ओस[18] दे, जो खिचदा मेरी डोर।

बुध सुध आ गया बुद्धवार, मेरी ख़बर ना लए दिलदार,

सुख दुक्खां तों घत्तां[19] वार, दुक्खां आण मिलाया यार,

प्यारे तारियां।

प्यारे चल्लण ना देसां चलया, लै के नाल जुलफ़ दे वलया,

जां उह चलयां तां मैं छालया[20], तां मैं रक्खसां दिल विच रलया[21],

लैसां[22] वारियां[23]॥ 5॥

---

1. पनिहारिन 2. ख़ुराक, आदत 3. उसके 4. आग 5. बिरह का 6. घायल 7. चक्कर 8. देखता है 9. खड़ा 10. किनारे 11. बंदी 12. लहरें 13. गाते 14. मृत्यु 15. हँसी 16. कब 17. और 18. उस 19. दिए 20. छला गया 21. मिलाकर 22. लूँगा 23. बलैया

जुम्मेरात[1] सुहावणी, दु:ख दरद ना आहां पाप।

उह जामा[2] साडा पऱहन के, आया तमाशे आप।

अग्गों आ गई जुम्मेरात, शराबों गागर[3] मिली बरात[4],

लग्ग गया मस्त प्याला हाथ, मैनूं भुल्ल गई ज़ात सफ़ात[5],

दीवानी हो रही।

ऐसी ज़हमत[6] लोक ना पावण, मुल्लां घोल तवीज़ पिलावण,

पढ़ना अज़ीमत[7] जिन्न[8] बुलावन, सइआं शाह मद्दार[9] खिडावण,

मैं चुप्प हो रही॥ 6॥

रोज़ जुम्मे[10] दे बख़्शियां, मैं जहियां औगुनहार।

फिर ओह क्युं ना बख़्शासी, जेहड़ी पंज[11] मुकीम[12] गुज़ार।

जुम्मे दी होरों होर बहार, हुण मैं जाता सही सत्तार[13],

बीबी बांदी बेड़ा पार, सिर ते कदम धरेंदा यार,

सुहागन हो रही।

आशिक़ हो हो गल्लां दस्सें, छोड़ मशूकां कै वल्ल नस्सें,

बुल्ला शौह असाडे वस्सें, नित्त उठ खेडें नाले हस्सें,

गल लग्ग सो रही॥ 7॥

जुम्मा

जुम्मे दी होरो होर बहार।

पीर असां नूं पीड़ां लाइयां, मंगल मूल ना सुरतां आइयां,

इश्क़ छनिछर घोल घुमाइयां, बुध सुध लैंदा नहियो यार।

जुम्मे दी होरो होर बहार।

---

1. बृहस्पतिवार 2. घुटनों तक लम्बा पहनावा 3. शराब की गागर 4. विवाह के समय दूल्हे के साथ चलने वाली शोभा यात्रा 5. अस्तित्व के गुण या विशेषताएँ 6. तक़लीफ़ 7. मंत्र पढ़कर 8. प्रेत 9. एक करामाती फ़क़ीर 10. शुक्रवार 11. पाँच 12. मुक़ाम 13. परदा डालने वाला

रोज़े ते जावां, सभ पैगम्बर पीर मनावां,
जद पिया दा दरशन पावां, करदी हार शिंगार।
जुम्मे दी होरो होर बहार।

पीरवार[1] रोज़े ते जावां, सभ पैगंबर पीरे मनावां।
जद पिया दा दरशन पावां, करदी हार श्रृंगार
जुम्मे दी होरो होर बहार।

मनतक[2] मान्हे[3] पढ़ा ना असलां[4], वाजब[5] फ़रज़[6] ना सुन्नत[7] नफ़लां[8],
कंम किस आइयां शरआ दियां अकलां, कुझ नहीं बाझों दीदार।
जुम्मे दी होरो होर बहार।

शाह इनायत दीन असाडा, दीन दुनीं[9] मकबूल[10] असाडा,
खुत्थी[11] मींडी[12] दसत परांदा[13], फिरां उजाड़ उजाड़।
जुम्मे दी होरो होर बहार।

भुल्ली हीर सलेटी मरदी, बेले माही माही करदी,
कोई ना मिलदा दिल दा दरदी, मैं मिलसां रांझण नाल।
जुम्मे दी होरो होर बहार।

बुल्ला भुल्ला नमाज़ दुगाना, जद दा सुण्यां तान तराना,
अकल[14] कहे मैं ज़रा ना मानां, इश्क़ कूकेंदा[15] तारो तार।
जुम्मे दी होरो होर बहार॥ 8 ॥

---

1. बृहस्पतिवार 2. मंत्र आदि 3. अर्थ और व्याख्या 4. असली, बिलकुल 5. इस्लामी अनिवार्य नियम 6. जिन नियमों को ज़रूरत के अनुसार छोड़ा जा सकता है 7. हजरत मुहम्मद जिन नियमों को मानते थे 8. नमाज़ 9. दीन और दुनिया 10. मान्य 11. खुली हुई 12. चोटी, बाल 13. चोटी में गूँथी जाने वाली परांदी 14. बुद्धि 15. कूकता है

बारहमाह*

आश्विन

अस्सू[1] लिखूं सन्देसवा वाचे मेरा पी[2]।

गमन किया तुम काहे को जो कलमल[3] आया जी।

अस्सू असां तुसाडी आस, साडी जिन्द तुसाडे पास,

जिगर[4] मुढ प्रेम दी लास, दुक्खां हड्डु[5] सुकाए[6] मास[7],

सूलां[8] साड़ियां[9]।

सूलां साड़ी रही बेहाल, मुट्ठी[10] तदों ना गइयां नाल,

उलटी प्रेम नगर दी चाल, बुल्ला शौह दी करसां भाल,

प्यारे मारियां॥ 1॥

कार्तिक

कहो कत्तक कैसी जो बणयो कठन सो भोग।

सीस कप्पर[11] हत्थ जोड़ के मांगे भीख संजोग।

कत्तक ग्या तुंबण[12] कत्तण, लग्गी चाट तां होया अत्तण[13],

दर दर लगे धंमा घत्तन, औखी[14] घाट पुचाए पत्तण,

शामे[15] वास्ते।

हुण मैं मोई बेदरद लोका, कोई देयो उच्ची चढ़ के होका[16],

मेरा उन संग नेहुं चरोका[17], बुल्ला शौह बिन जीवन औखा,

जांदा पास ते॥ 2॥

---

* 'बारहमाह' पंजाबी का प्रसिद्ध लोक काव्य रूप है। यह षडऋतु वर्णन का रूपांतर है। बारहमाह में विरहिणी महीने से संबद्ध ऋतु के अनुसार अपने विरह का वर्णन करती है। यह भारतीय परंपरा का काव्यरूप है, जिसका उपयोग सूफ़ियों ने भी किया।

1. ऐसा 2. प्रियतम 3. व्याकुल 4. दिल 5. हड्डियाँ 6. सुखा दिया है 7. माँस 8. काँटे 9. जल गए
10. लूटी 11. खप्पर, प्याला 12. सूत कातना 13. सूर्यास्त के समय 14. कठिन 15. श्याम, कृष्ण
16. घोषणा 17. शाश्वत, सनातन

मार्गशीर्ष

मघ्घर मैं कर रहियां सोध के सभ उचे नीचे वेख।

पड़ पंडत पोथी भाल रहे हरि हरि से रहे अलेख[1]।

मघ्घर मैं घर किद्धर जांदा, राकश[2] नेहुं हड्डां नूं खांदा,

सड़ सड़ जिअ पया कुरलांदा[3], आवे लाल किसे दा आंदा,

बांदी[4] हो रहां।

जो कोई सानूं यार मिलावे, सोज़े-अलम[5] थीं सरद करावे[6],

चिख़ा[7] तों बैठी सतीं[8] उठावे, बुल्ला शौह बिन नींद ना आवे,

भावें सो रहां॥ 3 ॥

पोष

पोह हुण पुछूं जा के तुम न्यारे रहो क्युं मीत।

किस मोहन मन मोह ल्या जो पत्थर कीनो चीत[9]।

पानी पोह पवन भट्ट पइआं, लद्दे होत[10] तां उघड़ गइआं[11],

ना संग मापे सज्जन सइआं, प्यारे इश्क़ चवाती[12] लइआं,

दुखां रोलियां।

कड़ कड़ कप्पन कड़क डराए, मारूथल[13] विच बेड़े पाए,

जिउंदी[14] मोई नी मेरी माए, बुल्ला शौह क्युं अजे ना आए,

हंझू[15] डोहलियां[16]॥ 4 ॥

माघ

माघी नहावन मैं चली जो तीरथ कर सामान।

गज गज[17] बरसे मेघला[18] मैं रो रो करां स्नान।

माघ महीने गए उलांघ, नवीं मुहब्बत बहुती तांघ[19],

---

1. अलक्ष्य 2. राक्षस 3. कुरलाता है, दु:खी होता है 4. दासी 5. चिंता का दुःख 6. शांत करे, छुड़ाए 7. चीख 8. सोयी हुई 9. हृदय 10. पुन्नूं अर्थात् प्रेमकथा सस्सी-पुन्नू का नायक 11. उघड़ गयी, प्रकट हो गयी 12. चूल्हे में जलती हुई लकड़ी 13. मरुस्थल 14. जीवित 15. आँसू 16. निरंतर बह रहे हैं 17. गर्जना कर-कर 18. बादल 19. इच्छा

इश्क मुअज़्ज़न[1] दित्ती बांग, पढां निमाज़ पिया दी तांघ,
दुआई[2] की करां ।
आखां प्यारे मैं वल आ, तेरे मुख वेखन दा चाअ[3],
भावें होर तत्ती[4] नूं ताअ[5], बुल्ला शौह नूं आण मिला,
तेरी हो रहां॥ 5॥

फाल्गुन

फग्गन फूले खेत ज्यों बण तिन फूल सिंगार।
हर डाली फुल पत्तियां गल फूलन दे हार।
होरी खेलन सइआं फग्गन, मेरे नैन झलारीं[6] वग्गण,
औखे जीउंदया दे दिन तग्गन[7], सीने बाण प्रेम दे लग्गण,
होरी हो रही।
जो कुझ रोज़ अज़ल[8] थीं होई, लिखी कलम[9] ना मेटे कोई,
दुक्खां सूलां दित्ती ढोई[10], बुल्ला शौह नूं आखो[11] कोई,
जिस नूं रो रही॥ 6॥

चैत्र

चेत चमन[12] विच कोयलां नित्त कू कू करन पुकार।
मैं सुन सुन झुर झुर मर रही कब घर आवे यार।
हुण की करां जो आया चेत, बण तिणण फूल रहे सभ खेत,
देंदे आपना अंत ना भेत, साडी हार तुसाडी[13] जेत[14],
हुण मैं हारियां।
हुण मैं हारियां अपणा आप, तुसाडा इश्क असाडा खाप[15],
तेरे नेहुं दा शुकया ताप, बुल्ला शौह की लाआ पाप,
कारे हारियां॥ 7॥

---

1. बाँग देने वाला मौलवी 2. दुआ, प्रार्थना 3. चाह 4. गर्म 5. ताप 6. धार 7. व्यतीत होते हैं
8. जिस दिन संसार की रचना हुई 9. लेख 10. सहारा 11. कहो 12. उपवन 13. तुम्हारी
14. जीत 15. पैनापन

वैशाख

बिसाखी दा दिन कठन है जो संग मीत ना हो।

मैं किस को आगे जा कहूं इक मंडी[1] भा[2] दो।

तां मन भावें सुख बसाख, गुच्छीआं[3] पइआं पक्की दाख,

लाखी[4] घर लै आया लाख, तां मैं बात ना सकां आख,

कौतां[5] वालियां।

कौतां वालियां डाहढां[6] ज़ोर, हुण मैं झुर झुर होइआं होर,

कंडे[7] पुड़े कलेजे ज़ोर, बुल्ला शौह बिन कोई ना होर,

जिन घत्त गालियां[8] ॥ 8 ॥

ज्येष्ठ

जेठ जेही जोहे अगन है जब के बिछड़े मीत।

सुन सुन घुण घुण झुर मरूं जो तुमरी ये प्रीत।

लोआं[9] धुप्पां पौंदिआं जेठ, मजलिस बैहृदी बागां हेठ[10],

तत्ती ठंडी वग्गे पेठ[11], दफ़तर कढृ पुराने सेठ,

मुहरा[12] खानी आं।

अज्ज कल्लह सद्द होयी अलबत्ता, हुण मैं आह कलेजा तत्ता[13],

ना घर कौंत[14] ना दाणा भत्ता, बुल्ला शौह होरां[15] संग रत्ता,

सीने[16] कानी आं[17] ॥ 9 ॥

आषाढ़

हाढ़[18] सोहे मोहे झट पटे जो लग्गी प्रेम की आग।

जिस लागे तिस जल बुझे जो भौर जलावे भाग।

हुण की करां जो आया हाड़, तन विच इश्क़ तपाया भाड़[19],

---

1. बाज़ार 2. आग 3. गुच्छे 4. लाख की चूड़ियों वाला 5. पति 6. दहाड़ती है 7. काँटे
8. गति प्रदान की, कल्याण किया 9. लोगों 10. नीचे 11. हवा 12. विष 13. गर्म 14. कंत, पति
15. और, दूसरा 16. कलेजा 17. तीर लगते हैं 18. ठंड 19. भट्टी

तेरे इश्क़ ने दित्ता साड़[1], रोवन अक्खियां करन पुकार,
तेरे हावड़े[2]।
हाड़े घत्तां शामी अग्गे, कासद[3] लै के पत्तर[4] वग्गे[5],
काले गए ते आए बग्गे[6], बुल्ला शौह बिन ज़रा ना तग्गे,
शामी[7] बहवड़े[8]॥ 10 ॥

श्रावण

सावन सोहे मेघला[9] घट[10] सोहे करतार।
ठौर ठौर इनायत बस्से पपीहा करे पुकार।
सोहन मलहारां[11] सारे सावन, दूती दुःख लग्गे उठ जावण,
नींगर खेडन कुड़ियां[12] गावन, मैं घर रंग रंगीले आवण,
आसां पुनीआं[13]।
मेरियां आसां रब्ब[14] पुचाइआं[15], मैं तां उन संग अक्खियां लाइआं,
सइआं देन मुबारक आइआं, शाह इनायत आखां[16] साइआं,
आसां पुनीआं॥ 11 ॥

भाद्रपद

भादों भावे तब सखी जो पल पल होवे मिलाप।
जो घट देखूं खोल के घट घट दे विच आप।
आ हुण भादों भाग जगाया, साहब कुदरत सेती आया,
हर हर[17] दे विच आप समाया, शाह इनायत आप लखाया,
तां मैं लखया।
आखर उमरे होई तसल्ला[18], पल पल मंगन नैन तजल्ला[19],
जो कुझ होसी करसी अल्ला, बुल्ला शौह बिन कुझ ना भल्ला[20],
प्रेम रस चखया॥ 12 ॥

---

1. जलन 2. बिछोह 3. काशिद, पत्रवाहक 4. पत्र 5. चले गए 6. सफ़ेद 7. शाम को 8. लौटे
9. बादल 10. आत्मा 11. मल्हार की 12. लड़कियाँ 13. पूरी हो गयी है 14. ईश्वर 15. पहुँचाई
16. कहती हूँ 17. हर एक 18. तसल्ली, संतोष 19. नूर, प्रकाश 20. भला, अच्छा

गढ़ाँ*

कहो सुरती[1] गल्ल काज दी मैं गढ़ाँ[2] केतियां पाऊं।
साहे[3] ते जंज[4] आवसी हुण चाही गंढ घताऊं[5]।
बाबल आखया आण के ''तैं साहवरयां[6] घर जाणा।
रीत ओथे[7] दी और है मुड़ पैर ना एथे[8] पाणा''।

गंढ पहली नूं खोल्ह के मैं बैठी बरलावां[9]।
ओड़क जावन जावना हुण मैं दाज रंगावां।
देखूं तरफ़ बाज़ार दी सभ रस्ते लागे।
पल्ले नाहीं रोकड़ी सभ मुझ से भागें।

दूजी खोहलूं क्या कहूं दिन थोड़्हे रहन्दे[10]।
सूल[11] सभभे रल आंवदे सीने विच बहन्दे।
झल[12] वलल्ली[13] मैं होयी तन्द[14] कत्त ना जाणा।
जंज[15] इवें रल[16] आवसी ज्युं चड़ूहदा ठाणा।

तीजी खोहलूं दुक्ख से रोंदे[17] नैन ना हट्टदे।
किस नूं पुच्छां जाय के दिन जांदे[18] घटदे।
गुण वालियां सभ प्यारियां मैं को गुण नाहीं।
हत्थ[19] मले मल सिर धरां मैं रोवां ढाई[20]।

---

* 'गढ़ाँ' पंजाबी का लोककाव्य रूप है। गढ़ाँ पंजाब में विवाह के दौरान प्रयुक्त एक प्रथा है, जिसमें जब लड़की के विवाह का मुहूर्त निकाला जाता था, तो लड़कीवाले लग्न से पहले लड़केवालों को एक रेशमी धागे को उतनी गाँठें डालकर भेजते हैं, जितने दिन विवाह में शेष रहते हैं।

1. प्रेमी, जीवात्मा 2. गाँठें 3. लग्न, विवाह 4. बारात 5. डलवाऊं 6. ससुराल के 7. वहाँ 8. यहाँ
9. बिलखती हूँ 10. रह गए हैं 11. काँटे 12. परेशान, नाराज़ 13. बेढंगी, परेशान 14. ताँत, धागा
15. बारात 16. मिल-जुलकर 17. रोते हुए 18. जाते हैं 19. हाथ 20. ढहकर, जमीन पर गिरकर

पंजवीं[1] खोहलूं कूक के कर सोज़[2] पुकारां।
पहली रात डरावनी क्यों दिलों विसारां।
मुद्दत थोहड़ी आ रही किवें दाज[3] बणावां।
जा आखो घर साहवरे गंढ लाग वधावां।

याहरां[4] गंढीं खोहलियां मैं हिजरे मारी।
गइआं सइआं साहवरे[5] हुण मेरी वारी[6]।
बांह सराहने दे कदी असीं मूल ना साउंदे।
फट्टां[7] उत्ते लून है फट्ट सिंमदे लाउंदे[8]।

सोल्हां[9] गंढीं खोहलियां मैं होयी निमाणी[10]।
एथे पेश किसे ना जासीआ ना अग्गे जाणी।
एथे आवन केहा ए होया जोगी दा फेरा।
अग्गे जा के मारना विच कल्लर[11] डेरा।

बाईं[12] खोहलूं पहुंच के सभ मीरां-मलकां[13]।
ओहनां डेरा कूच[14] है मैं खोहलां पलकां।
अपना रहना की करां केहड़े बाग़ दी मूली[15]।
ख़ाली जग विच आइके सुफ़ने पर भूली।

अठत्ती[16] गंढीं खोहलियां की करने लेखे।
ना होवे काज सुहावना बिन तेरे वेखे[17]।
तेरा भेत[18] सुहाग है मैं उस केह करसां।
लैसां गले लगायके पर मूल ना डरसां।

---

1. पाँचवीं 2. दर्द, दुःख 3. दहेज 4. ग्यारह 5. ससुराल 6. बारी 7. घाव 8. लाता है 9. सोलह
10. झुक गयी, विनम्र हो गयी 11. बंजर 12. बाईस 13. मालिक 14. प्रस्थान 15. (मुहावरा)
अधिकारविहीन, शक्ति का अभाव 16. अड़तीस 17. देखे 18. रहस्य

उनताली गंढीं खोहलियां सभ सइआं रल[1] के।
इनायत[2] सेज ते आवसी हुण मैं वल फुल के।
चूड़ा बाहीं सिर धड़ी[3] हत्थ सोहे कंगणा।
रंगण चढी शौह वसल[4] दी मैं मन तन रंगणा।

कर बिसमिल्ल्हाह खोहलियां मैं गंढां चाली[5]।
जिस आपणा आप वंजाया[6] सो सुरजन[7] वाली।
जंज[8] सोहनी मैं भाउंदी[9] लटकेंदा[10] आवे।
जिस नूं इश्क़ है लाल दा सो लाल हो जावे।

अकल फ़िकर सभ छोड़ के शौह नाल सिधाए।
बिन काहणों गल्ल ग़ैर दी असां याद ना काए।
हुण इनां-लिलाह[11] आख के तुम करो दुआईं।
पिया ही सभ हो गया अबदुल्ल्हा[12] नाहीं।

---

1. मिल-जुलकर 2. हज़रत इनायत शाह 3. सिर पर पहना जानेवाला आभूषण 4. मिलन, संयोग
5. चालीस 6. ख़त्म किया, दूर किया 7. देवता 8. बारात 9. प्रेम, स्नेह 10. नाज़-नख़रेवाला
11. हम परमात्मा के बंदे हैं 12. बुल्ले शाह का मूल नाम

सीहरफ़ियाँ*

लागी रे लागी बल बल जावे।
इस लागी को कौन बुझावे।

अलिफ़-अल्लहा जिस दिल पर होवे, मुँह ज़रदी[1] अक्खीं[2] लहू भर रोवे[3],
जीवण आपणे तों हत्थ धोवे, जिस नूं बिरहों अग्ग लगावे।
लागी रे लागी बल बल जावे॥ 1॥

बे-बालण[4] मैं तेरा होई, इश्क़ नज़ारे आण वगोई[5],
रोंदे नैन ना लैंदे ढोई[6], लूण[7] फट्टां[8] ते कीकर लावे।
लागी रे लागी बल बल जावे॥ 2॥

ते-तेरे संग प्रीत लगाई, जीव जामे दी कीती साईं[9],
मैं बकरी तुध कोल कसाई, कट कट मास[10] हड्डां नूं खावे।
लागी रे लागी बल बल जावे॥ 3॥

से-साबत[11] नेहों लाया मैनूं, दूजा कूक[12] सुणावां कीहनूं,
रात अद्धी उट्ठ ठिलदी नैं[13] नूं, कूंजां[14] वांग पई कुरलावे[15]।
लागी रे लागी बल बल जावे॥ 4॥

जीम-जहानों होई सां न्यारी, लगा नेहुं तां होए भिखारी,
नाल सरों[16] दे बने पसारी[17], दूजा दे मेह्ले जग्ग तावे[18]।
लागी रे लागी बल बल जावे॥ 5॥

---

* 'सीहरफ़ी' को 'पट्टी' या 'बावनअक्षरी' भी कहते हैं। सिहरफ़ी सूफ़ी कवियों में प्रचलित काव्यरूप है, जिसमें कवि अक्षरों को आधार बनाकर अपने विचार व्यक्त करता है।
1. मुँह पीला पड़ जाता है 2. आँखें 3. (मुहावरा) ख़ून के आँसू रोता है 4. जलाने का, ईंधन
5. बहा दिए 6. सहारा 7. नमक 8. घाव 9. अग्रिम, बयाना 10. माँस 11. पूर्ण 12. आवाज़
13. नदी 14. कुरजां 15. कुरलाती है 16. शरीयत 17. पंसारी, परचून विक्रेता 18. जलाता है

हे-हैरत[1] विच शांत[2] नाहीं, ज़ाहर[3] बातन मारन ढाही[4]।
झात[5] घत्तन नूं लावन वाहीं[6], सीने सूल प्रेम दे धावे।
लागी रे लागी बल बल जावे॥ 6॥

ख़े-ख़ूबी हुण ओह ना रहिया, जब की सांग[7] कलेजे सहया,
आहीं नाल पुकारां कहियां, ''तुध बिन कौन जो आण बुझावे।''
लागी रे लागी बल बल जावे॥ 7॥

दाल-दूरों दुःख दूर ना होवे, फक्कर[8] ़फराकों[9] बहुता रोवे,
तन भट्टी दिल खिल्लां धनोवे[10], इश्क़ अक्खां विच मिरचां लावे।
लागी रे लागी बल बल जावे॥ 8॥

ज़ाल-ज़ौक[11] दुनियां ते इतना करना, ख़ौ़फ हशर[12] दे थीं डरना,
चलना नबी साहब दे सरना, ओड़क[13] जा हिसाब करावे।
लागी रे लागी बल बल जावे॥ 9॥

रे-रोज़ हशर कोई रहे ना ख़ाली, लै[14] हिसाब दो जग्ग दा वाली,
ज़ेर ज़बर[15] सभ भुल्लन वाली, तिस दिन हज़रत आप छुड़ावे।
लागी रे लागी बल बल जावे॥ 10॥

जे-जुहद[16] कमायी चंगी[17] करीए, जेकर मरन तों अग्गे मरीए,
फिर मोए भी उस तों डरिए, मत मोयां नूं पकड़ मंगावे।
लागी रे लागी बल बल जावे॥ 11॥

सीन-साई बिना जा ना कोई, जित वल वेखां ओही ओही[18],
होर किते वल मिले ना ढोई[19], मुरशद मेरा पार लंघावे।
लागी रे लागी बल बल जावे॥ 12॥

▢▢▢

---

1. आश्चर्य 2. ठंड 3. प्रकट 4. दौड़ता है 5. दर्शन 6. ज़ोर 7. बरछी, कटार 8. ़फक़्क़ीर 9. वियोग
10. दाने भूनते हैं 11. प्रेम 12. नतीजा 13. अंततः, आख़िर 14. लेता 15. छोटा-बड़ा 16. तप,
भक्ति 17. अच्छी 18. वही-वही 19. सहारा, आश्रय